CAPÃO PECADO

FERRÉZ

CAPÃO PECADO

6ª edição revisada
4ª reimpressão

Copyright © 2020 by Ferréz

Grafia atualizada segundo o Acordo Ortográfico da Língua Portuguesa de 1990, que entrou em vigor no Brasil em 2009.

Capa
Jeff Fischer

Preparação
Vadão Tagliavini

Revisão
Adriana Bairrada
Renata Lopes Del Nero

Dados Internacionais de Catalogação na Publicação (CIP)
(Câmara Brasileira do Livro, SP, Brasil)

Ferréz
  Capão Pecado / Ferréz. — 1ª ed. — São Paulo : Companhia das Letras, 2020.

  ISBN 978-85-359-3431-1

  1. Ficção brasileira I. Título.

20-47919 CDD-B869.3

Índice para catálogo sistemático:
1. Ficção : Literatura brasileira B869.3

Cibele Maria Dias – Bibliotecária – CRB-8/9427

Todos os direitos desta edição reservados à
EDITORA SCHWARCZ S.A.
Rua Bandeira Paulista, 702, cj. 32
04532-002 — São Paulo — SP
Telefone: (11) 3707-3500
www.companhiadasletras.com.br
www.blogdacompanhia.com.br

Falta alguém...
Mas ele não virá mais.
As noites em claro
A roda de amigos em volta do Postinho.
Falta alguém...
Para nos alegrar novamente
Cantar aquela música nova, que tinha escrito há pouco.
Falta alguém...
Que vestia a humildade
Mas ele não virá mais.
Sorrindo, querendo ver televisão na nossa casa
Tomando café, atento à tela.

Marquinhos, meu amigo, queria te dar um livro,
mas, como não posso, o dedico a você.

Marcos Roberto de Almeida
25/07/1975
22/08/1999

Este livro é dedicado também a todas as pessoas que não tiveram sequer uma chance real de ter uma vida digna; que não puderam ser cidadãos, pois lhes impediram de ter direitos, mas lhes foram cobrados deveres. Àqueles que foram maltratados física e psicologicamente pela nossa "bem informada polícia brasileira"; àqueles que não foram alfabetizados e, portanto, não poderão ler esta obra; àqueles que, num momento de dor, se deram conta de que estão sozinhos e de que o Estado é bem pago, mas não cumpre suas obrigações. Àqueles que padeceram num leito de hospital por não terem dinheiro suficiente para serem tratados como seres humanos; àqueles que foram baleados e esfaqueados pelos próprios manos de pobreza; àqueles que sucumbiram à vontade de ter algo melhor, pois estavam cansados de viver na monotonia, e resolveram assim ter aquilo que a mídia clicou em suas mentes desde pequenos. Embora minha profissão para essas pessoas não tenha o menor sentido, este livro é também dedicado a elas.

SUMÁRIO

Agradecimentos 11
Nota a esta edição 13
Prefácio 19

CAPÃO PECADO
Parte I *27*
Parte II *51*
Parte III *73*
Parte IV *107*
Parte V *123*

Posfácio: A volta de Zumbi dos Palmares e de Lampião —
Marcelino Freire 133

Sobre o autor *143*

AGRADECIMENTOS

Aice e toda a família 1DASUL
Alex Rodrigues dos Santos (Ratão)
Ana Maria Detthow de Vasconcelos
Antônio Augusto Lopes Gonçalves
Cavalera
Conceito Moral
Conexão do Morro
Djalma Campos
Fernando, Ronaldo e Fábio Ferraz
Fernando Costa Netto
Garret 1DASUL Área 2
Gaspar Z'África Brasil
Ismar Esteves Pereira
Ivan Finotti
Kascão T$G
Lourenço Mutarelli
Mano Brown C.L. da Z.S.
Maria Luiza Cotta
Negredo
Outraversão
Pai Osni de Xangô
Rael, Regiana e Raimundo Ferreira da Silva
Smith-E
Windsor Ferreira da Silva (Amaral)
Zumbi dos Palmares

NOTA A ESTA EDIÇÃO

"SE AQUI NINGUÉM NEM LÊ, como você vai ser escritor?"

Quem diria que, vinte anos depois de escrito, um livro poderia mudar tanta coisa, até a vida de quem o escreveu... Histórias datilografadas de madrugada, e quase sempre sem um café para tomar, serviriam para gerar tantos abraços, conversas, mudanças na vida real.

Dizem por aí que a poesia pode nos levar para vários lugares. Sou prova viva de que um livro pode bem mais que te fazer voar. Ele me propiciou conhecer muitos lugares, entre estados e países, e ir até mais longe: conhecer os corações dos seres humanos.

Um filho com vinte anos que me retribuiria, pois minhas mãos doíam à noite durante a escrita, toda ela feita com caneta e papel para depois datilografar, muitas vezes à luz de velas, já que na favela em que eu morava sempre acabava a luz.

Na moral, nunca pensei que daria frutos, escrevia só para não ser mais um. Mas também nunca pensei na derrota. A gente não pode se dar ao luxo de pensar em fracassar quando mora na quebrada.

A história continuaria a ser escrita, sem se importar se tinha que ser anotada em guardanapos, em maços de cigarro ou muitas vezes na mão — a mesma mão que eu protegia no ônibus para que a tinta não borrasse e minhas ideias não se perdessem.

Quantas vezes minha mãe bateu na porta durante a madrugada e perguntou se eu não ia dormir... Página após página, ia sendo tecida a coberta que me cobriria com o calor do título de escritor.

Na vizinhança, o apoio era raro. Diziam que o filho do Raimundo estava ficando louco, o dia todo naquele quartinho, que quem estudava demais dava nisso, virava "bicha", talvez crente, ou, pior ainda para eles, professor.

O cara que não serviu para ser faxineiro de um grande hotel de São Paulo; que durante anos vendeu vassouras nas ruas da Sul; que insistiu em passar no teste para ser garçom, mas não tinha boa "aparência"; que foi recusado em dezenas de empresas, e sempre porque morava "naquele lugar"; aquele que era ajudante de pedreiro, ou que depois foi ajudante geral na rede Bob's; aquele gordinho ali da rua de cima, barbudo, que falava pra caralho de revolução, de não aceitar coisas que o sistema faz... Esse cara ia ser escritor? Para de tiração...

Em paralelo à escrita do livro, cheguei ao ponto de não ter nada, de começar a andar com outras amizades, de ver alguns amigos de infância entrarem no fluxo do bairro. Eu começava a viver o meu tema e deixar de ser só um observador. E numa tarde fui a um amigo e o preparei para ficar com os originais do que eu tinha escrito, com medo de morrer antes de terminar o livro.

Aos poucos a vida criminal foi chegando, eu estava entrando no clima do bairro. Entre terminar de ler um velho romance do Hesse e descarregar uma carga roubada, entre escrever mais um capítulo e ir com os manos ver uma situação, entre testemunhar os meus próximos se matando sem nem arranhar a superfície do sistema, as palavras foram crescendo, e era nítido quem iria ganhar.

A literatura é egoísta demais para ser dividida com o crime.

Com o livro pronto, hora de começar a correr para mostrar. Mas para quem? Foi em shows de rap que comecei a ler alguns trechos, e também em associações de bairro. Afinal aquele público usava camisetas com frases que pareciam poesia. Uma história que muitos resumiram como "ficção da realidade". A capa do livro eu trago tatuada no meu braço direito, e as marcas que ele deixou nas pessoas eu trago na lembrança.

Rael marcou muitos momentos, sejam eles nas universidades, onde o livro foi adotado, ou até mesmo nos presídios, onde uma rádio feita por presos recitava trechos do livro toda manhã.

Em todas as quebradas em que colo, não tem um dia que alguém não fale do livro.

Um tempo atrás, num show, um MC me disse que achou que *Capão Pecado* era um disco de rap, e não pensava na época que podia ser um livro, de tão a milhão que ele era comentado nas ruas.

Um livro, talvez um reflexo de uma periferia que cerca toda a cidade. Um povo que serve a comida, que lava os carros, que faz a segurança, que cuida dos filhos dos ricos e que muitas vezes não tem segurança nem alimentação para os próprios filhos, mas que ainda tem esperança, embora cada vez menos sonhos, e menos ainda realizações.

Um livro serve para muitas coisas. No caso do *Capão*, serviu para fortificar amizades, como a dos manos que sempre ficaram lado a lado comigo, no desemprego, nos desenganos e nos desassossegos dessa vida tumultuada como as casas daqui.

Pessoas raras como Cebola, Alex, Ronaldo, Cacá, Marrom, Nandinho, Marquinhos, Panetone, Amaral e todos que rodearam o Postinho durante anos na favela Santiago.

Até me trouxe novas amizades, como a de um preto do Maranhão chamado Ghóez, que veio me conhecer e virou um grande irmão.

Um livro que, a cada história, tinha a pretensão de querer trazer eternidade para esses mesmos amigos.

Capão Pecado me deu até uma esposa, que só conheci porque o Cebola (amigo e personagem) mentiu para mim, dizendo que ela havia lido o livro e adorado, e isso me deu confiança para chegar nela. É, a gente inventa um mundo inteiro, mas treme feio perante uma mulher linda.

Nada disso teria acontecido se não fosse a ajuda de Ana Maria Detthow de Vasconcelos, que acreditou no meu primeiro livro, *Fortaleza da desilusão*, patrocinou o trabalho e me mandou embora da empresa dizendo: "Vai ser escritor".

A primeira reportagem foi do Fernando Costa Netto, que comandava o *Notícias Populares* (acho que fui o único cara da periferia a sair vivo no jornal). Devo isso ao contato que o rapper Cobra (Conexão do Morro) me deu.

Bom, de lá para cá, muitos contribuíram para o crescimento do livro, em especial os vários nomes da literatura marginal e do rap nacional que somaram nessa caminhada.

Muitos chegaram, muitos já se foram, mas a história continua aí, viva, entrando na vida das pessoas, influenciando-as, e talvez até mudando destinos, assim como fez comigo.

Vinte anos de caminhada, um livro-filho que já atingiu a maioridade, e isso num país que decreta pena de morte a todo periférico ao nascer.

Vinte anos lutando por cada novo leitor, passando de mão em mão, geralmente vindo das mãos dos professores, que insistem em que o ensino seja a cura, que se deslize a caneta para que não se ouça o barulho das balas.

A história de Rael e Paula está nestas páginas, mas antes estava na própria vida, e a cada nova leitura ela se desenrola novamente.

Sempre vai ficar na minha memória a empolgação do Alex (Ratão) quando o livro saiu. E a do Fábio Martins (Cebola), que durante uma semana direto foi comigo até a pequena sala da editora para que eu usasse o computador de lá, e dormia no chão enquanto eu digitava o final do livro. E depois, durante anos, carregou a bolsa com os livros, e tantos bares e eventos em que fomos vender e o tanto de ônibus que passamos por baixo da catraca... A Marisa Moura e manos como Nego Du, comentando página por página, o Jorge (Santista) se preparando para filmar as festas na quebrada, o Marquinhos gritando na minha janela: "Nal, e o livro, já acabou?".

Sim, irmão! O livro ficou pronto, e vocês estão aqui comigo, em cada linha, em cada vírgula. Ninguém vai apagar mais nossa história.

A nova edição está aí, aniversariando vinte anos de muitas histórias, reflexos de um bairro entre outros milhares, que ainda é onde me sinto o melhor escritor e melhor ser humano, pelo menos da minha aldeia.

As primeiras edições e reimpressões deste livro foram publicadas pela extinta Labortexto. Ele foi distribuído em centenas de escolas e bibliotecas públicas e comunitárias, tendo mais edições e reimpressões pela Objetiva e depois pela editora Planeta, quando teve a comemoração de 100 mil exemplares vendidos. Esta sexta edição do livro, revisada, sai pela Companhia das Letras.

Um salve a todas as periferias, estampadas nas camisetas, nos adesivos, nas tatuagens e no sangue de quem, apesar de tudo, se faz firme e forte todos os dias.

Ferréz
Outubro de 2020

PREFÁCIO

HÁ UMA PEQUENA ÁRVORE na porta de um bar, todos passam e dão uma beliscada na desprotegida copa. Alguns arrancam folhas, alguns só puxam, e outros, às vezes, até arrancam um galho. O homem que vive na periferia é igual a essa pequena árvore, todos passam por ele e lhe arrancam algo de valor. A pequena árvore é protegida pelo dono do bar, que põe em sua volta uma armação de madeira; assim, ela fica segura, mas sua beleza é escondida. O homem que vive na periferia, quando resolve buscar o que lhe roubaram, é posto atrás das grades pelo sistema. Tentam proteger a sociedade dele, mas também escondem sua beleza.

A luz dos postes; a oração do idoso que pede que Deus ilumine sua vida e a vida dos seus; o menino que não concilia o sono com a fome; o barulho dos carros passando pela fresta do barraco, encobrindo a música do disco que fala de muitos na contramão da evolução social, sendo seus destinos infrutíferos, e sendo seus futuros tão gloriosos e raros quanto um belo pôr do sol.

É muito raro um favelado parar para ver as estrelas numa grande e farta cidade que só lhe entrega cada dia mais a miséria, mas que é sua cidade. Uma metrópole definidora de destinos cruzados, inutilmente ligados pela humildade e pelo carinho que os cercam. Família é sintonia, dizem os poetas urbanos sobreviventes do inferno para aqueles de mentes tristes porém fascinadas em igual proporção com as ilusões carnavalescas de um país que luta por seus times de futebol, mas não luta pela sua dignidade.

Ponha no próximo a culpa de sua ganância, diga que esse indivíduo é com certeza mais ganancioso que você, mas e daí? Que esses meninos que vivem na rua se virem, que esses meninos que estão na rua se matem, me matem, te matem, porque quando um bem não é gerado o mal muitas vezes volta em dobro. É só olhar ao redor e ver que eles são menos abraçados a cada dia pelos seus, que eles não são acolhidos carinhosamente em um lar, e sendo assim eles nunca alcançarão o padrão social imposto.

A linha é fina, muito tênue: uma vida boa, um bom carro, um quarto todo mobiliado, talvez até um barco. Mas e o Brasil? Que Brasil?!

O mesmo Brasil que gera cada vez mais miseráveis, que gera um pequeno que é retirado pelas belas mãos asseadas e carinhosas de um médico como se o retirasse de um casulo, e o traz à vida dando-lhe um tapinha nas nádegas, para progredir com justiça e igualdade com outros garotos na frágil linha da vida. Uma vida que o pequeno futuramente pensará que é sua, mas não é, pois seu futuro é incerto e ameaçado pelo fantasma da injustiça social. Ele não sabe que aquele médico não é seu pai, e que seu pai está numa obra, pois não lhe deram o dia de folga. O médico se formou na USP, um recinto que era para o povo, mas já foi reservado desde sua criação para os playboys. Seu pai se formou na vida, uma vida que era para todos; porém, desde que a abolição foi declarada, todos souberam reservar sua parte, menos ele e os seus.

A menina na janela sorri para o menino. "Manda-busca, manda-busca!", ele grita, enquanto ela continua a fitá-lo e a pensar numa casa, uma casa só sua; num quintal cheio de flores e num gatinho branco, com os olhos azuis, que ela retira de perto de seu pequeno filho para não arranhá-lo.

Mas algum tempo depois ela é a culpada de os sonhos do menino terem ido por água abaixo, e o álcool completa o círculo de dor tão comum por aqui. A criança chora, o gato foge, ele espanca, ela desanima, e os sonhos acabam mais uma vez.

Qual será o lado real do monitor, o lado certo para se viver? Eles até tentam nos ludibriar, mas a realidade é um pouco diferente, e na TV a gente vê que a vida é muito bacana pra quem tem uma boa porcentagem da riqueza nacional.

As mais belas músicas ou as mais realistas palavras não vão te tirar de uma vida tão cômoda, pois nada mais faz a menor diferença. Todos veem, mas não querem enxergar, que o futuro nos reserva mais dor, e nossa vida é como se estivéssemos sentados olhando pela janela de um avião que está caindo rapidamente. E tudo sempre esteve tão perto e tão longe.

A pobreza aqui é passada de pai para filho, assim como a necessidade de se trabalhar dia e noite para comprar um pão, um saco de arroz, um saco de feijão. Mas é com amor e carinho que criamos nossos filhos, sem nos darmos conta do local, dos amigos incertos e das coisas que injetam aqui — armas e drogas. Assim, continuaremos embriagados, andando no chão frio com os pés descalços, um sorriso na boca ainda seca da corrida contra a lei. Toda uma nação está olhando para uma janela eletrônica; através dela está o passado manipulado, e o que ninguém vê é a porta que fica ao lado, a porta do futuro, que está trancada pela mediocridade dos nossos governantes.

O calor foi mais uma vez roubado do corpo — ele foi morto —, estava quase sem esperanças de ter um bom futuro, pois queria ter algo, mas estava sem dinheiro, numa área miserável onde todos cantam a mesma canção, que é a única coisa que alguém já fez exclusivamente para uma pessoa daqui. Certamente, é algo sobre a dor, a esperança, a frustração, ou algo tão específico que só poderia ser feito para os habitantes de um lugar por Deus abandonado e pelo diabo batizado de Capão Pecado.

Universo
Galáxia
Via Láctea
Sistema Solar
Planeta Terra
Continente americano
América do Sul
Brasil
São Paulo
São Paulo
Zona Sul
Santo Amaro
Capão Redondo

Bem-vindos ao fundo do mundo.

"Querido sistema", você pode até não ler, mas tudo bem, pelo menos viu a capa.

PARTE I

1

— Aí, MANO! Eu bebo todo dia, cê tá ligado?

— Fumo pra cacete, mano; durmo sempre aqui em frente à vendinha da Maria.

— Já vi de tudo aqui no Capão, coisa que até o diabo duvida, mano, cê tá ligado?

— Sobrevivo comendo coisas que ganho, mano, e até reviro os lixo, é mó treta com os cachorro, cê tá ligado?

— Já fui esfaqueado duas vezes, mano; uma pelo Luís Negão e a última foi pelo Sandrinho e o China, uns moleque forgado da porra.

— E agora você pensa: tudo isso e eu ainda tô vivo, mano. Agora uma pá de maluco que comia bem pra caralho já foi embora, é só você pensar, o Senna, o Jânio, o João Paulo, o PC Farias, a mãe do Collor, o irmão do Collor, o Leandro, aquele da dupla sertaneja, cê tá ligado? Então, num é embaçado, mano? Aí, eu vou sair fora agora, vai ter um boi na brasa lá no Saldanha, e hoje eu vou comer que nem um cachorro. Falou, Marquinhos, depois a gente se cruza.

— Falou, Vasp, depois a gente se tromba.

Valo Velho, o nome que estava em seu registro de nascimento. Ele não sabia o significado do nome de seu bairro, mas admirava o campão onde os moleques maiores jogavam futebol todos os dias. Sentiu muito mas não teve escolha, e foi para o novo lugar onde seu pai pôde comprar um barraquinho.

Era muito pequeno. Como antes, não entendia o nome do lugar. Capão Redondo era um nome muito estranho, e o que lhe tinham explicado era que o nome vinha de um artefato indígena, pois os índios faziam um cestão de palha que tinha o nome de capão, e vendo essa área de longe se tinha a impressão de ser uma cesta. Colocaram o nome de Capão Redondo, ou seja, "uma grande cesta redonda".

O impacto da mudança para o novo terreno da prefeitura foi amenizado pelo carinho dos novos amigos, afinal até as brincadeiras eram as mesmas; e, se num dia ele os conhecia, no outro já estava passando por suas casas, sendo bem-vindo, por causa do seu jeitinho educado e calmo. Seu aspecto sempre agradava às mães dos colegas: gordinho, cabelo todo encaracolado, e óculos grandes e pretos que ele já usava havia muito tempo. Tudo isso lhe conferia a aparência de um pequeno CDF.

Mas o que mais agradava era que o seu temor não tinha se cumprido, os seriados e desenhos ainda eram os mesmos; e, por incrível que pareça, até os horários haviam sido mantidos, e em sua pequena televisão em preto e branco ele se via numa realidade melhor.

O Zorro chamava seu amigo Tonto, os Flintstones e os Jetsons aprontavam no passado e no futuro, o Pica-Pau nunca se dava mal, o gato Félix continuava engenhoso e tirando de tudo de sua bolsa mágica, o gorila Maguila pedia para ser adotado, o Manda-Chuva sempre tapeava a polícia local; ele nunca gostou de *Eu Amo Lucy*, achava que era para menininha. Seus preferidos eram mesmo os heróis de ponta de desenhos e seriados como *Super-Homem*, *Batman*, *Flipper*, *Patrulha Estelar*, *Speed Racer*, *Jonny Quest*, *Combat*, *Bonanza*, *Daniel Boone*, *Rin Tin Tin*, e os superseriados japoneses, *Robô Gigante*, *Vingadores do Espaço*, *Spectreman*. O fenomenal Ultraman parecia fraco quando a luz em seu peito começava a piscar, mas com o Ultraseven não tinha nada de frescura, não, ele cortava os monstros no meio, arrancava-lhes a cabeça e depois voltava pra base como o humano Kenji, sem nenhum remorso. A série era tão pesada que só passava à noite, e foi proibida em quase todos os estados americanos, sendo liberada só para o Havaí.

Rael acordava todo dia às cinco da manhã, horário que presenciava seu pai já arrumado e sentado na cadeira, tomando café, esperando alguns minutos para ir trabalhar. Sua mãe sempre lhe trazia café com leite na cama, e ele não sabia que essa era a época mais feliz da sua vida.

Era véspera de Natal, os três em volta da árvore brilhante, se é que se pode chamar de árvore de Natal um cabo de vassoura em um pote de margarina com cimento e quatro varetas de bambu com pedaços de algodão na ponta. Rael perguntou por que Natal tem árvore de Natal e Papai Noel.

— É porque, com o passar do tempo, o homem foi esquecendo o espírito real do Natal, então fez essa invenção toda, meu fio.

— Ah, sei! — foi mais um suspiro do que uma demonstração de entendimento.

E eram já oito da noite.

O lugar dos presentes estava vazio. E era quase Natal.

— Ó Zé, tem alguém no portão! — exclamou dona Maria.

Zé Pedro correu seguido por seu filho, seu gato Raul, seu cachorro Renato e mais algumas sombras.

O carteiro, com a carta na mão, esperava pacientemente, imaginando mais uma caixinha. Zé não deu, Zé não tinha, pegou rápido a carta e entrou.

— O que que é, véio? — perguntou dona Maria, abalada.

— É da Metalco! — respondeu seu Zé, reconhecendo o símbolo da empresa onde trabalhava.

— Abre, véio, abre.

— Abre, abre, abre! — gritavam mãe e filho em coro com o latido do cachorro. O gato estava atento.

O conteúdo do envelope era um cartão de Natal. Todos pensaram juntos: a firma se importa com o Zé, com certeza ele é muito especial.

Seu Zé colocou o cartão na árvore e foi dormir, acompanhado de toda a família. A cama de solteiro era apertada para os três, mas eles sempre davam um jeito, o problema mesmo era a coberta, que não dava pra cobrir os pés e a cabeça.

Mas Rael era muito curioso, e não conseguia dormir. Algo o incomodava. Levantou-se lentamente, acendeu a luz, foi até a árvore, pegou o cartão e resolveu ler, pois, quando seu pai olhou o cartão, ele só estava fingindo entender o escrito, porque tinha vergonha de ficar dizendo que era analfabeto. Rael leu o cartão:

"Um Feliz Natal e que seja feliz, você e toda a família, é o que nós da METALCO desejamos a todos nossos funcionários. Amor & Paz!"

Rael continuou a observar o cartão, notando que atrás havia letrinhas minúsculas, e, curioso, as leu.

"Cartão comprado de associações beneficentes com efeito de abate no imposto de renda."

Era Rael sábio e entendeu aquilo.
Era Zé Pedro humilde e dormia tranquilo.
Era mais uma família comum.
Era um Natal de paz.

Rael carregou aquilo consigo, mas com o tempo isso se tornou algo insignificante. Suas perdas eram constantes e aparentemente intermináveis: o primeiro amigo a morrer lhe causou um baque e tanto, mas a morte dos outros dois fora menos desgastante; afinal, Rael estava crescendo. A necessidade de roupas e de um material melhor para a escola o fez começar a trabalhar numa padaria. Nos fins de semana, ele fazia curso de datilografia no mutirão cultural.

Naquele quinto dia do mês foi seu pagamento, seu primeiro pagamento. Ele chegou em casa todo orgulhoso, e já havia separado a parte de sua mãe, mas ela não se encontrava na cozinha, sinal de que já estava dormindo. Rael foi conferir, e estava certo, dona Maria dormia, enrolada na única coberta da casa. Também, o descanso naquela hora era mais do que merecido, pois trabalhava em casa de família como diarista e ainda realizava o serviço de casa. Rael voltou para a cozinha, pegou a chaleira, um copo e derramou o pouco do café que tinha em seu interior. Bebeu o café meio enojado, pois o líquido negro estava gelado. Procurou fósforo para acender o fogão, mas não achou, e lembrou que seu pai sempre esquecia as caixas de fósforos nos bares quando já estava de fogo. Ficou nervoso com a lembrança das bebedeiras de seu pai e foi dormir.

2

No DIA SEGUINTE, quando abriu os olhos, raciocinou rapidamente. O quarto estava muito claro, percebeu que perdera a hora, tinha que estar na padaria às cinco horas em ponto. Correu para a cozinha, pegou o relógio em cima do caixote e viu que já era mais de meio-dia; seus ombros deram uma leve inclinação e ele desfaleceu na cama, estava completamente desanimado. Como iria explicar um atraso daquele, logo nos primeiros dias de serviço? Ficou pensando, pegou os óculos, limpou as lentes na camiseta e decidiu que não iria lá se explicar, e no dia seguinte, quando fosse normalmente trabalhar, falaria que estava doente, meio gripado.

Pegou alguns CDs que continham seus jogos preferidos e rumou para a travessa Santiago. Cumprimentou os dois amigos que estavam encostados no poste: Panetone e Amaral, que eram irmãos, mas nada parecidos. Rael passou, eles pediram que ele desse um tempo ali, mas explicou que ia ver se o Matcherros ou o Cebola estavam acordados e se retirou; andou mais um pouco e adentrou a casa de Matcherros. Seu Lucas estava no sofá, como sempre, com um cigarro numa mão e a caneca de café na outra.

— E aí, seu Lucas, tudo bem? — perguntou Rael, ao mesmo tempo que sentava no sofá.

— Tudo bem, Rael, tô com umas dor no bucho, mas acho que é por causa do café. É foda, eu tomo essa merda o dia inteiro.

— Mas eu não sabia que o café prejudicava tanto assim, seu Lucas.

— É, mas quando eu tomo, os nervo chega a pulá; é porque também o café que a Silvinha usa é muito forte. Além disso, ela mete mais de três colheres de pó e o resultado é esse aí, um café saído diretamente do pântano.

— O senhor tá falando que nem o Matcherros, tudo dele é do pântano. E por falar nisso, cadê ele?

— Tá lá em cima, todo embrulhado que nem uma múmia. Foi dormir tarde de novo, e agora sei lá que hora vai levantar.

— É que eu trouxe uns CDs pra gente jogar, mas nem vou acordar ele, senão ele fica reclamando o dia todo que os olhos dele tão ardendo.

— Faz o seguinte, Rael, dá um tempo aí, que o Cebola tá chegando da escola já, já.

— Mas, seu Lucas, ele não vai trabalhar hoje, não?

— Não, hoje não, hoje é folga dele.

— O que que o senhor tá assistindo?

— Ah, eu tô vendo esse programa, ele passa umas comida muito louca, sabe?

— Sim, eu sei qual é, esse programa passa todo dia; é duma loira, tem até umas fofocas de uns artistas, não tem? — perguntou Rael com tom de ironia.

— Tem, sim, é um cara barbudo, meio viado, que fica falando da vida dos outros, quando chega a parte dele eu tiro e ponho na Band. Pra que que eu quero saber se tal fulano lançou disco novo, ou se tal sicrano tá comendo as vadias que fica rebolando e dizendo que é artista? Eu tiro do canal mesmo, eu quero que eles todos se fodam!

— Tá certíssimo, seu Lucas, esses malucos aí ganham dinheiro às nossas custas, é carro importado, chapéu de dois mil dólares e...

Mas Rael não concluiu a frase, pois Cebola abriu a porta com tudo, assustando até seu pai, que perguntou por que aquele apavoramento todo; e ele disse meio ofegante que ouvira falar que o seu Pedrinho lá da Sedinha vinha avisando os moradores que a prefeitura estava pra tirar as famílias da favelinha. Seu Lucas permaneceu quieto, e quando Rael tentou pronunciar alguma coisa foi impedido pelo gesto brusco de seu Lucas, que se levantou rapidamente, pegou sua blusa e saiu correndo como um doido.

Rael e Cebola jogaram video game até anoitecer. Quando Rael estava quase indo embora, Matcherros acordou e eles começaram a conversar. Decidiram ir ao baile da News Black Chic, lá no pátio da escola José Olímpio; o som da equipe era muito bom e vinha gente lá do Valo Velho, Piraporinha, Jardim Ingá, Pirajussara, Morro do S, Parque Regina, Parque Arariba, São Luís, Buraco do Sapo, Parque Fernanda e de várias quebradas, pois os bailes e rolês noturnos eram cada vez mais raros na periferia. Todo baile que surgia não passava de duas semanas e acabava, ou era por causa de morte ou por causa dos policiais. Inclusive na Cohab tinha um som em frente ao bar do Quitos, tinha noite que chegava a ter mais de duas mil pessoas curtindo o baile, o som já tinha mais de anos e era muito difícil sair alguma confusão, até que numa sexta-feira, quando o som estava lotado, uma viatura da Rota veio em toda velocidade e partiu pro meio do povão, sem mais nem menos. Mais de dez pessoas foram atropeladas e muitas acabaram com contusões, porque foram pisoteadas na correria. O Quitos, que era dono do bar, e os vizinhos ligaram pra polícia; chegaram várias viaturas, mas os tenentes acabaram sendo coniventes, e até hoje não deu em nada, só resultou no fim do baile.

Rael curtiu o som da equipe até a meia-noite, e não podia ficar mais, pois tinha que acordar cedo e vender muito pão na Vivenda das Pousadas.

Atendeu os clientes como sempre, com muita educação e um sorriso de orelha a orelha. Seu horário chegou ao fim e ele foi correndo para casa, com o intuito de dormir um pouco antes de ir para o cursinho de datilografia. Chegou e não gostou nada quando sua mãe lhe disse que ele teria que retirar o pagamento para ela lá no mercado do seu Halim.

— Ah, mãe! Você sabe que eu não gosto de trocar ideia com esses playboys, e ainda mais receber.

— Num posso fazer nada, meu fio, preciso do dinheiro pra poder fazer uma feira, afinal cê sabe que seu pai tá recebendo uma merreca de salário.

— Droga!
— Vai! Toma um banho e vai lá.

Não tendo escolha, Rael tomou um banho rápido, se arrumou e foi para o bairro da Liberdade. Antes, porém, foi à casa de Matcherros para que ele o acompanhasse, mas o amigo estava dormindo, e Rael sabia como era demorado até ele despertar e se arrumar. O jeito foi ir sozinho mesmo.

Ele tinha nojo daqueles rostos voltados para cima, parecia que todos eram melhores que os outros. Se seu pai estivesse com ele, com certeza já teria dito: "Esquenta não, fio, eles pensam que têm o rei na barriga, mas não passam dessa vida sem os bicho comê eles também. Os mesmo bicho que come nóis come esses filhas da puta; lá embaixo, fio, é que se descobre que todo mundo é igual".

Chegando ao mercado de seu Halim, o pão-duro já o havia visto de longe e estava contando o dinheiro para lhe dar. Rael se aproximou e Halim nem o cumprimentou, só entregou o dinheiro e disse que o serviço de sua mãe estava lhe custando muito dinheiro. Rael não respondeu nada, só guardou o dinheiro no bolso, disse obrigado e se retirou. Mas Halim notou algo em seu rosto, algo estranho; talvez por um momento Halim tenha visto nos olhos daquele simples menino periférico um sentimento de ódio puro, e talvez tenha sentido por algum momento que um dia o jogo iria virar.

Pegou o primeiro ônibus, desceu no terminal Capelinha e lá pegou o Jardim Comercial. Conforme o ônibus avançava, ele se sentia melhor, se sentia mais em casa. Era constante o pensamento de que seu amigo Ratão estava certo: se ele descolasse uma granada, era só chegar no mercado do sr. Halim e explodi-lo com toda a sua ganância, mas como sempre ele desistia e dizia a si mesmo que aquilo era loucura.

Entregou o dinheiro para sua mãe, correu para o tanque e lavou o rosto como uma forma de desabafo, como se estivesse se lavando dos olhares daquelas pessoas hipócritas. Foi para seu espaço naquela pequena casa, pegou um livrinho de bolso de faroeste e começou a ler. Era uma terapia para ele, uma forma de esquecer aquelas pessoas tão preocupadas consigo mesmas a ponto de não notarem as pequenas coisas, os pequenos momentos, que às vezes trazem tanta felicidade.

Os olhos de Rael já estavam lacrimejando. Uma demonstração de cansaço, como era de costume. Retirou seus óculos, esfregou os olhos, mas decidiu não descansar. Levantou-se, colocou os óculos novamente e foi para a vielinha, onde com certeza poderia dar boas risadas e fechar sua noite com chave de ouro.

Na pequena roda em torno do poste estavam Matcherros, Panetone, Amaral, Cebola, Alaor e Amarelos. Rael chegou cumprimentando os manos e já entrou na conversa logo de cara, como era de seu feitio. O assunto que estava rolando era a história de um certo gato que morreu do coração: o pobre gatinho ficava sempre perto do churrasqueiro que trabalhava em frente à padaria Pousadinhas; o churrasqueiro era residente na favela havia alguns anos e era mais conhecido por ser o pai do Alemão.

O gato sempre ficava do seu lado, e qualquer sobra de gordura, nervo ou carne era atirada ao gato, que já contava com uns quilinhos a mais.

O gato já tinha cumprido sua missão naquela noite e estava deitado perto da vielinha que fazia a ligação com a Cohab Adventista. Amaral e Panetone estavam conversando, quando notaram que o gato levantou e ficou encarando o portão do Rogerinho Testa. O gato permaneceu uns cinco minutos encarando o portão, o portão estava todo tomado pela escuridão, o gato sempre observando e, com certeza, curioso com alguns ruídos que saíam daquela escuridão toda. O fato trágico ocorreu quando o infeliz felino decidiu ir mais à frente, e já estava bem perto do portão quando um cachorro preto enorme pôs a cabeça pra fora e soltou um latido alto bem na cara do gato, que só estalou os olhos e caiu duro no chão. O pessoal correu pra ver o que havia acontecido e, examinando o pobre felino, conferiu que o mesmo tinha ido a óbito, duro como uma pedra; morreu de susto, o coitado.

Quando Panetone terminou de contar a história, todos estavam com os olhos cheios de lágrimas de tanto rir. Rael deu boas risadas, mas, como todos estavam arrumados, ele se ligou que o rolê daquela noite ia ser no Palácio, o maior ponto de encontro da Zona Sul, e se despediu avisando que teria que acordar cedo no dia seguinte para ir trabalhar, pois a padaria havia pegado os pedidos das escolas da prefeitura e ele teria que entregar os pães antes de os alunos chegarem.

Chegando em casa, pegou o pacote com alguns pães, retirou um, passou manteiga, esquentou na frigideira e comeu rapidamente tomando café. Em seguida, quando ia se deitar, lembrou de pedir bênção à sua mãe e foi ao seu quarto, mas ela estava dormindo, então lhe deu um beijo e se retirou. Sentou em sua cama, juntou as mãos, rezou a ave-maria e o pai-nosso, desejou paz aos seus amigos e se deitou, ajeitou o travesseiro e fingiu estar dormindo quando escutou o barulho da porta se abrindo. Sabia que era seu pai e que estava completamente embriagado, completamente entregue, viajando no mundo da lua.

3

TRABALHOU O DIA INTEIRO e estava louco para chegar em casa. Pensava no seu irmão, mas tentava não se precipitar e fingia acreditar que havia saída para aquela situação. Subiu as escadas do bloco 3 do prédio da Cohab, depois mais dois andares, virou de frente para a porta, retirou a chave do bolso, colocou no buraco da fechadura e abriu. Sua avó estava sentada no sofá, como de costume, e a primeira coisa que fez quando o avistou foi perguntar por que seu irmão não estava com ele. Capachão respondeu, em voz alta e sem paciência, que não o tinha visto; ela abaixou a cabeça e ele foi para o quarto se trocar. Mariano, que tinha o apelido de Capachão desde que começara a frequentar a favelinha na travessa Santiago, não podia dizer para sua própria avó que seu netinho tão querido estava viciado em crack. Capachão sabia que o caminho de seu irmão estava traçado e que o diabo o estava esperando; seu irmão não tinha mais nada em comum com aquele pequeno menino que juntamente com sua irmã tocava as campainhas das casas nobres de Belo Horizonte, pulava e corria. Essa brincadeira rendeu uma grande ideia a dona Alzira, a mãe dos pequenos: a partir daí, já não eram toques rápidos nem alegres, eram toques tímidos e humilhantes, o pão era pedido de porta em porta, e o orgulho dos pequenos também era perdido de porta em porta.

A mãe comia mais que todos, e os pequenos não se importavam com isso, pensando que o pai não enviava o dinheiro, que era sua obrigação. Mas quando descobriram que dona Alzira recebia o dinheiro todo mês e gastava com bebedeiras e jogos de azar, Capachão começou a odiar a própria mãe e decidiu morar com sua avó e seu avô, seguido pelo irmão e pela irmã mais novos.

Não demorou alguns meses e ele arrumou serviço numa borracharia, trabalhava de dia e estudava de noite. Já estava pra completar seis meses de serviço quando seu patrão o chamou de canto e lhe contou que ia fechar por falta de cliente. Ele tentou explicar para a avó que ia arrumar outro emprego logo, mas ela não aguentava sustentar três e o mandou embora. Foi aí que a vielinha contou com a presença de Capachão todos os dias. Matcherros o abrigou em sua casa, pois os dois haviam se conhecido na escola e já eram muito amigos. Capachão insistiu muito para que Matcherros o acompanhasse e fizesse com ele o exame na Polícia Militar. Matcherros recusou e disse que nunca seria um Robocop do governo.

Capachão passou em todos os testes, e agora tinha que esperar para ser chamado. Alguns dias depois dos exames, arrumou serviço numa vidraçaria perto do Jardim Jangadeiro, juntou algum dinheiro e comprou um barraco no alto do morro.

Rael e Matcherros sempre ficavam com ele até de madrugada jogando PlayStation, compravam frango na padaria Menininha e comiam com pão, já que na casa do Capachão não tinha nem fogão. As tábuas do barraco já estavam tão apodrecidas que um leve toque as perfuraria, era só alguém querer que dava pra invadir numa boa; porém o respeito na quebrada sempre prevalece para aqueles que sabem se impor na humildade, e foi isso que Capachão procurou fazer desde o primeiro dia em que mudou para o Jangadeiro. Ele ia aos bares, pagava cerveja para os malandros mais velhos, doces para seus filhos, jogava taco com as crianças, e não demorou a pegar a consideração de todos por ali.

— E aí, seus trouxas!

O grito era do Alaor, que estava chegando ao Postinho e fazia questão de chegar em grande estilo.

Panetone e Amaral nem responderam, não gostavam muito do estilo de Alaor e sabiam que, se dessem bola, logo ele começaria a cantar, sempre era assim, era só ele chegar que o assunto era totalmente desviado para a música. Cebola foi o que primeiro puxou conversa com ele, e o papo dessa vez não foi sobre música. A conversa aconteceu em torno do assalto que tinha acontecido no Banespa, pois certamente o dinheiro já tinha chegado ao Capão. Cebola tirou as dúvidas da cabeça de Alaor quando disse que o assalto fora realizado pelos amigos de Burgos; Alaor perguntou se Burgos e China estavam envolvidos e Cebola respondeu negativamente, explicando que só não foram por causa das armas: a quadrilha ia bem armada e municiada e não admitia os revólveres fracos dos dois.

Panetone falou que ia pra casa tomar um banho e se arrumar, para depois dar uma passada lá no bar do Polícia. Amaral resolveu fazer o mesmo, e em alguns minutos a roda tinha se dissipado.

O bar do Polícia estava lotado, mas o lugar em si não fazia tanto sucesso, o que fazia sucesso mesmo era o terreno muito amplo que tinha em frente: as caixas sempre pra fora espalhavam o som, os carros iam chegando e o pessoal só entrava pra buscar a cerveja, pois todo mundo preferia ficar lá fora, encostado nos carros conversando ou já procurando um par para aquecer a noite.

— E aí, Zeca! Quer uma cerva gelada?

— Não, Burgos, eu tô à pampa. Porra, o bagulho tá cheio hoje, hein, mano!

— É! O bar do Polícia é o point agora, cê tá ligado? Também, o lava-rápido lá perto da igreja fechou; lá dava umas duas mil pessoas, mano.

— O que pegava lá, Burgos, é que o som da equipe tinha uma puta qualidade, aqueles manos da Thalentos são foda, além do equipamento eles agitam o pessoal pra caramba.

— É, pode crê, eu vim lá da Funchalense agora, tava tomando umas breja lá com os manos da Sabin.

— Ô Burgos, na moral, num fica dando rolê com esses mano, não. Cê tá ligado que tá mó treta aí nas quebra, mano.

— Num esquenta não, Zeca, eu num chego nesses rolê sozinho, cê tá ligado? O Ratinho e o China tavam comigo.
— Tá certo. Aí, mano, eu tô indo buscar mais uma, cê faz um tempo aí?
— Não, não, Zeca, eu tô indo, falou.
— Falou, Burgos.

Zeca buscou a cerveja e continuou bebendo, mas de repente se lembrou de uma reportagem que tinha lido naquela manhã, que dizia que São Paulo era uma das cidades mais badaladas do mundo, uma das únicas que funcionam vinte e quatro horas. Na matéria se destacavam casas noturnas, restaurantes e todos os tipos de comida que podiam ser encontrados na noite. Zeca comparou tudo aquilo que os playboys curtiam com o que ele tinha ali em sua frente, mas resolveu parar de pensar nisso, andou alguns metros e foi comer um churrasquinho na barraca da dona Filó.

Rael abriu os olhos lentamente — o sol que entrava pelas frestas das tábuas os irritava —, levantou e foi até a cozinha, onde sua mãe estava preparando café, ela lhe perguntou algo, mas ele não ouviu direito, e foi para o banheiro lavar o rosto.

Ao molhar o rosto entendeu o que sua mãe tinha dito, e se lembrou que tinha que ter ido trabalhar naquele dia, mas já era tarde, mais um dia de serviço jogado fora; se sentia totalmente desanimado. Sentou-se à mesa com sua mãe e começou a comer umas bolachas de água e sal e a tomar café. Estava estranhamente calado, talvez pensando no sonho que acabara de ter, um sonho que nada tinha a ver com sua realidade.

— Fio, estão chamando lá fora, acho que é o Will — disse sua mãe.

Rael se dirigiu ao portão e avistou Will e Dida, dois amigos que não via fazia um tempo.

— E aí, manos! Que saudade, por onde vocês tavam, hein?
— Rael, meu truta! Nós tava em Paraisópolis, eu e o Dida tivemos que ir pra lá por causa do nosso pai, arrumou treta aqui.

— É, isso eu fiquei sabendo, mas vocês podiam avisar, pô! Todo mundo ficou preocupado, não sabiam nem o que tinha acontecido com vocês.

— Só! Mas o importante é que nós voltamos e vamos visitar todos os manos, tá ligado? E o Matcherros continua jogando PlayStation com o Narigaz até de manhã ainda?

— Vixe, nem te falo, mano, o filha da puta só acorda depois das cinco da tarde, nem adianta colá lá agora, é mais fácil vocês irem pra casa do Panetone, ele é um dos pouquíssimos que acorda cedo.

— Certo! Então, nós estamos indo lá, depois a gente se cruza, tá ligado? Mas chega aí, você continua lendo que nem um louco ainda?

— É, eu continuo estudando, né, mano. Tô comprando uns livros no Sebo do Messias lá no Centro, mas depois nós troca uma ideia melhor. Vão lá no Panetone, depois vocês colam aí, acabei de acordar.

— Num esquenta não, Rael, depois a gente cola aí. Falou, mano!

— Falou! Aí, volta mesmo, hein!

Rael voltou a tomar seu café, que já estava morno, mas estranhara os amigos; eles tinham partido seis meses antes tão saudáveis e em pouco tempo ficaram extremamente magros e com um aspecto de acabados.

Sua mãe estava saindo do quarto e o notou pensativo. Foi quando lhe disse que não queria seu único filho envolvido com aqueles caras; apesar de serem filhos da Maria Bolonhesa, sua amiga, e de terem sido seus amigos de infância, agora já não eram mais boas companhias. Rael perguntou por que sua mãe estava falando isso, e por que a certeza de que eram más companhias, se eles tinham voltado ao bairro fazia pouco tempo. A resposta de dona Maria veio imediatamente.

— É que a Maria Bolonhesa me contou muito aflita e com lágrimas nos olhos, fio, que eles se meteram com coisa errada lá pra onde haviam se mudado, e que estavam correndo risco de vida, inclusive que lá em Paraisópolis eles tão com a cabeça valendo dinheiro por dever nas bocas de fumo.

— Mas isso é mentira, mãe! O Will e o Dida não são disso não, eu sei que eles...

— Deixa eu terminar, meu fio, a encrenca toda foi armada porque eles foram se meter com as pedras, e cê sabe que desse tipo de droga ninguém sai vivo.

Rael não esboçou mais nenhuma reação, se retirou para o seu quarto, pegou uma blusa e saiu. Sua mãe tentou alertá-lo, mas ele já não ouvia mais nada, pairavam em seu pensamento somente as imagens dos dois amigos de infância.

Chegou à casa do Panetone alguns minutos depois e bateu palmas freneticamente. O amigo logo saiu e o convidou para entrar. Rael deu a negativa e perguntou dos dois irmãos, e Panetone respondeu que eles tinham acabado de sair. Rael, mesmo com a insistência de Panetone, não contou nada, se retirou e foi para a casa do Matcherros, mesmo sabendo que ele estava dormindo. Falou com Cebola o que estava acontecendo e os dois saíram a procurar Will e Dida.

Quando desciam o São Bento Velho, cruzaram com Burgos, que usava uma blusa imensa, sinal de que estava armado. Burgos deu sinal para pararem e perguntou se tinham visto Will por lá. Rael estranhou e disse que não sabia que ele havia voltado, mas Burgos nem agradeceu, virou as costas e saiu apressadamente. Cebola o avisou que o palco já estava armado e que Burgos nunca saía na correria à toa, alguma coisa tava pegando pro lado do Will, e que desconfiava que haviam sido os manos da Paraisópolis que tinham contratado o Burgos pra fazer o serviço; afinal, as bocas não podem se dar ao luxo de ficar com prejuízo, porque senão os negócios despencam: é só um noia saber que tal mano comprou na boca, não pagou e nada aconteceu, que tá feito o boato de que os chefes da boca não tão com nada. O respeito tem que prevalecer.

Rael concordou com a tese do amigo e ficou mais preocupado, ainda mais porque sabia que Burgos era sangue no olho, e se ele tava na treta nada mais poderia ser feito pelo Will. Resolveu ir para casa, pegou outro livrinho de bolso e começou a ler após tomar banho. Alguns minutos depois cochilou e só teve força em seus braços para pôr os óculos na cadeira que ficava ao lado de sua cama.

4

DONA MARIA BOLONHESA E RAULIO assistiam à televisão impassíveis, somente os olhos se mexiam bruscamente.

As imagens que viam não combinavam com o que pensavam, e no interior de cada um a confusão era constante.

Ele adormeceu rápido, a esposa não notou; as luzes estavam apagadas, uma vela acesa fazia homenagem à padroeira, Nossa Senhora Aparecida, a santa de devoção do casal.

A casa era de todo humilde, mas não se sentiam infelizes, a não ser pelo fato de seus dois filhos, Will e Dida, nunca estarem lá. Achavam que isso era passageiro e que com o tempo os dois teriam mais responsabilidades, se tornariam companheiros. Dona Maria Bolonhesa não fechava os olhos, não conseguia dormir desde que voltara de Paraisópolis. Ela gostava de lá, mas Will havia arrumado confusão com um tal de Azeitona, e esse moço insistia que seu filho estava devendo a ele. A família, pra evitar mais confusão, acabou se mudando. Dona Maria queria esquecer o assunto, começar uma vida nova, mas seu coração de mãe pressentia que algo de ruim iria acontecer.

Ela se levantou, acendeu a luz da sala, ajoelhou-se e começou a rezar, antes de se deitar. Terminou a reza, abriu os olhos e olhou para a padroeira, como era seu costume todas as noites, mas sofreu um susto tremendo quando viu uma barata enorme passando entre a santa e a vela. O bicho se jogou no chão, e dona Maria correu para o armário, pegou álcool e uma caixa de fósforos, enquanto a barata subia pela perna de Raulio, que continuava dormindo pesadamente no sofá. Dona Maria jogou o chinelo na perna do marido, o que desequilibrou o inseto, fazendo-o cair no chão novamente, só que dessa vez de barriga para cima. Dona Maria despejou um pouco de álcool e atirou um palito de fósforo em chamas na barata, que foi rapidamente incinerada e soltou um assovio antes de parar de balançar as patas já queimadas.

Raulio acordou assustado e muito suado, perguntando o que aconteceu e, após ouvir as explicações de sua esposa, contou que havia tido um estranho sonho, onde ele caía num abismo, e uma voz que parecia a de seu filho mais novo, Will, o chamava.

Os dois ficaram mudos por alguns segundos, sem entender o que estava acontecendo, e, como se controlados por uma força maior, olharam ao mesmo tempo para a barata calcinada. Notaram algo incomum naquele inseto: a barata estava virada e em seu corpo apareciam claramente três listras brancas. Raulio deu ordem à mulher para que buscasse um vidro; ela o fez depressa, e com a ajuda de uma pá de lixo ele pegou o inseto e o colocou num pote de maionese, tapou e disse que o levaria à casa de Pai Ixá, um velho pai de santo que era amigo da família havia muito tempo.

A resposta de Pai Ixá sobre o estranho acontecimento não demorou muito. Alguns dias depois ele foi à casa do casal e disse que o sonho de Raulio se encaixava com a história de dona Maria Bolonhesa, e que o inseto que em seu corpo continha três listras significava duas coisas: se o acontecido tivesse ocorrido antes da meia-noite, significava sorte e amor abençoados pelas três divindades, Pai, Filho e Espírito Santo; se o acontecido tivesse ocorrido após a meia-noite, significava três mortes.

Pai Ixá perguntou pelo horário, Raulio disse que não sabia, mas dona Maria, que tinha ido à venda, sim. Raulio pediu que Pai Ixá a esperasse, ele esperou alguns minutos e logo disse que não podia deixar o centro sozinho por muito tempo. Raulio o acompanhou até a entrada do Valo Velho, e estava voltando pra casa quando foi enquadrado pela Polícia Militar. Pediram seu documento, e, enquanto averiguavam se ele estava armado, conferiram sua documentação pelo rádio. Seu Raulio foi enquadrado; ficou preso por uma semana, esperando a resposta que diria se ele tinha cumprido o tempo certo de sua pena, pois havia a possibilidade de dar fuga. A resposta chegou e ele foi finalmente liberado.

Amanheceu, Rael levantou cedo, se arrumou e foi trabalhar. Logo pela manhã ouviu um monte do seu patrão pela falta do dia anterior. O resto do dia foi tranquilo: entregou os pães nas escolas, serviu os clientes, lavou o freezer onde se guardavam os leites e foi para casa. Chegando lá, estranhou quando viu aquele monte de gente, e parecia que o movimento era em frente à sua casa. Correu, pois sabia que o povo dali só se unia assim pra falar mal dos outros, ou então pra ver morto. Rael corria e preferia que se tratasse do seu primeiro pensamento; mas não foi assim. Dida estava caído em frente à sua casa: de costas, sem o par de tênis e com uma enorme mancha de sangue nas costas. Rael se abaixou, tocou seu rosto e começou a chorar. Sua mãe insistiu para que ele entrasse, estava com medo de que o assassino achasse que Rael, por ser amigo de Dida e Will, poderia servir de testemunha ou então querer vingança. Insistiu, insistiu, mas Rael continuava abaixado chorando. Foi quando Zé Pedro, seu pai, o abraçou por trás, o levantou e o arrastou para dentro do barraco, sem muita resistência.

Duas horas depois, a Tático Sul chegou ao local e cobriu o corpo com um lençol pedido a uma vizinha. Ficaram comendo carniça por mais de seis horas, quando o IML chegou e foi logo retirando o corpo. O pessoal nem estranhou o fato de os legistas não terem examinado o corpo, todos por ali já estavam acostumados com o descaso das autoridades.

Nos dias que se seguiram à morte de Dida, quase ninguém estava saindo depois de escurecer. Sabiam que o próximo a morrer era Will, a não ser que alguém matasse Burgos primeiro.
Geóvas, Ratinho, Jacaré e China jogavam bilhar no bar do

Joaquim e demonstraram espanto quando viram Will andando sossegado na rua de baixo, indo em direção à Cohab do Jânio. Os quatro riram quando viram Burgos passando logo em seguida, vindo como um demônio, bem na moralzinha, atrás de Will. Não esperaram para saber o que ia acontecer: largaram os tacos, pagaram a ficha a Joaquim, avisaram para ele fechar o bar e cada um foi para sua casa.

Alguns minutos depois, muitas pessoas já se aglomeravam em volta de Will, que estava com um ferimento na cabeça e ainda tremia. Dona Maria Bolonhesa correu logo que soube do acontecido, abaixou-se, abraçou o filho fatalmente baleado e chorou, chorou, chorou...

Cebola, Panetone, Narigaz, Alaor, Amaral, Amarelos, Zoião, Sapo, Kim e mais alguns amigos acompanharam o velório, que foi realizado no cemitério São Luís. Estranharam o fato de Rael não ter ido ao velório nem ao enterro do amigo, pois todos sabiam que ele era muito apegado a Will. Mas, assim como no enterro de Dida, a verdade era que Rael não tinha mais estômago.

Depois de liberado, Raulio chegou em casa, abriu a porta e teve à frente de seus olhos a pior visão que um homem pode ter: dona Maria Bolonhesa, sua esposa, mãe de seus filhos, estava pendurada por um fio de cobre amarrado ao teto, e sua barriga estava cheia de furos. Rael foi ao velório de dona Maria Bolonhesa.

PARTE II

5

OS VIZINHOS OUVIRAM OS GRITOS e foram correndo ver o que estava acontecendo. Ficaram chocados. Mas o que todos se perguntavam era como iriam dizer a Raulio que, durante o tempo em que estivera preso por engano, além de ter perdido sua esposa, havia perdido também seus dois filhos.

South, após ouvir os comentários de várias pessoas, chamou Rael para ir com Mixaria e Capa ao parque Santo Dias, apelidado por eles de Mata. Rael aceitou, e então começaram a comentar sobre a tragédia que havia acontecido com o seu Raulio. Rael ainda estava abalado, e South tentou tranquilizá-lo, mas sabia que o amigo tinha um gênio forte e que nem as mais belas palavras iriam mudar seus pensamentos.

Chegaram à Mata e correram por alguns minutos, fizeram abdominais, barra, alongamento, e resolveram jogar capoeira, menos Mixaria, que só pensava em beber e não aguentava mais fazer qualquer tipo de exercício.

Ficaram na Mata até escurecer e resolveram sair quando notaram que os maconheiros estavam chegando. Logo, logo aquilo ali estaria cheio deles.

South, antes de se despedir de Rael, avisou que iria fazer ficha em uma metalúrgica ali perto e perguntou se o amigo gostaria de ir. Rael disse que sim, pois esse trabalho não lhe daria futuro nenhum, e pediu que South fosse à padaria depois das duas da tarde, que é o horário que a turma da manhã sai. South concordou e saiu remando em seu skate, deixando Mixaria e Capa para trás.

Rael dormiu tranquilamente e no dia seguinte trabalhou como sempre, atendendo os clientes com muito carinho e atenção. Às duas horas, South chegou apressado, estava com o skate na mão e avisou o amigo que não iria mais fazer ficha na metalúrgica, pois estava indo para o parque Ibirapuera encontrar uns amigos. Rael disse que iria sozinho mesmo, para pelo menos tentar fazer uma ficha. South concordou, passou o endereço e desejou boa sorte.

Rael se despediu de Marcão e Celso, que eram os irmãos donos da padaria, subiu a rua Ivanir Fernandes e depois passou pela Falkenberg. De lá avistou a escola Maud Sá e ainda pensou em passar na quadra pra ver se tinha uns colegas jogando bola, mas deu prioridade para achar a metalúrgica. Prosseguiu e chegou à rua da feira, avistou a padaria São Bento, subiu mais um pouco, passou por ela, desceu a rua da Tenge, onde antigamente era um grande matagal. Lembrou que, quando aquela área foi desmatada para se construir um conjunto habitacional, foram encontradas inúmeras ossadas: ali era um cemitério clandestino. A imprensa noticiou o fato, que causou grande impacto na população. A polícia foi até lá, desenterrou alguns corpos e levou para perícia, mas até hoje nada de resultado. Rael finalmente chegou à metalúrgica, tocou a campainha e logo foi atendido por uma bela garota de olhos castanho-claros, cabelo extremamente negro, rosto angelical e um corpo escultural. Ele ficou admirando, quando ela de repente falou:

— Oi, Rael, o que tá fazendo aqui?

Foi aí que ele se tocou: a linda garota na sua frente era nada mais, nada menos do que a namorada do seu melhor amigo.

— Olá, Paula, eu... eu... vim tentar fazer uma ficha, tinha me esquecido que você trabalhava aqui.

Ela, com um tom totalmente irônico, respondeu minimizando a situação.

— Ah, sei! Pode entrar que eu vou falar com o seu Oscar, ele é o dono; espera só um pouquinho.

Rael entrou e sentou no grande sofá, que combinava com a decoração do escritório. Era uma sala pequena: duas mesas, um armário, um arquivo e um computador. Ele ainda estava meio abalado; nunca percebera o quanto Paula era linda. No seu íntimo sentiu uma estranha atração, mas não queria aceitar.

Paula voltou com uma folha na mão e disse que seu Oscar havia pedido que ele preenchesse aquela ficha, pois estava precisando de alguém na área de produção.

Rael pegou o papel e disse que qualquer coisa estava bom, o que ele queria era sair da padaria, já que não aguentava mais trabalhar de segunda a domingo. Pegou a ficha e começou a preenchê-la; Paula foi saindo e Rael a olhou meio disfarçadamente, analisou sua saia minúscula e suas pernas bem torneadas. "Meu Deus, o que estou fazendo?!", pensou. Estava bastante confuso com aquela situação. Preencheu a ficha com cuidado e esperou a entrevista com o dono da empresa.

O dono da metalúrgica, seu Oscar, veio entrevistá-lo. Leu a ficha rapidamente e foi logo falando que só havia uma vaga na área de produção. Ele precisava de um ajudante de produção, e era um trabalho muito simples: fornear as peças e pendurá-las com arames. Rael disse que estava a fim de trabalhar e que qualquer coisa seria de grande ajuda. Seu Oscar pensou um pouco e disse que o novo funcionário poderia começar no dia seguinte. Rael ficou muito contente, deixou escapar um grande sorriso e disse que na manhã seguinte estaria ali.

Despediram-se, e Rael correu para casa para contar a novidade à sua mãe, pois assim poderia ajudar mais em casa, já que o salário era maior do que o da padaria. Na pressa, nem se despediu de Paula, mas durante o restante daquele dia não pensou em mais ninguém, não conseguia apagar de sua mente aquele rosto iluminado pelo sol, aquela boca úmida que parecia pedir um grande beijo.

Mas teve que parar de sonhar um pouco, pois tinha que concluir uma árdua tarefa. Já era tarde da noite e foi para a padaria, mandou chamar o Marcão e explicou que havia conseguido um emprego melhor, com o qual poderia dar mais dignidade para a sua família. Marcão disse que sentia muito, pois já fazia quatro anos que estavam trabalhando juntos, mas queria o melhor para ele. Ao se despedir, o patrão o orientou a pegar os papéis e o dinheiro do tempo de casa no dia seguinte. Rael disse que no outro dia à tarde passaria por lá, despediu-se de seus amigos, pegou seus últimos seis pães e saiu de cabeça baixa. Talvez por desencargo de consciência, passou na casa de Matcherros. Só indo à noite mesmo para o encontrar acordado, pois o amigo dormia a maior parte do dia. Cumprimentou-o e disse que iria entrar na metalúrgica perto da Tenge. Matcherros ficou contente, ofereceu café para Rael e, quando estava se levantando para pegar, disse:

— Aproveita e olha a Paula pra mim, mano; eu tô meio desconfiado dela, tá ligado?

— Que é isso, Matcherros! Ela é muito gente fina e muito trabalhadora, pelo que eu vi lá, tá ligado?

— Nunca se sabe, amigo, nunca se sabe; mulher é um bicho em que não dá para confiar.

Rael concordou para não haver discussão, tomou o resto do café, despediu-se do amigo e foi para casa, onde ficou pensando sobre o ocorrido. Matcherros não confiava em Paula, mas era ele que a traía direto. Todas as vezes que saíam juntos, Matcherros catava uma mina diferente por rolê, era extremamente mulherengo. Na verdade, ele não dava valor à namorada que tinha. Rael decidiu parar de pensar nisso e foi tomar café. Quase pisou em seu pai, que estava caído na cozinha, todo sujo de lama e babando; sua cabeça estava perto do fogão e seus pés embaixo do armário. Rael ignorou a imagem, estava acostumado com ela, desistiu do café e em poucos minutos se deitou e dormiu.

6

O DESPERTADOR ERA IMPLACÁVEL, não parava de tocar. Rael levantou-se rapidamente, lavou o rosto, se arrumou e tomou café, despediu-se de sua mãe e foi para seu novo emprego.

Chegando à porta da metalúrgica, cumprimentou seus novos colegas de serviço. Foi apresentado ao Jeguinho, um menino baixinho e de óculos, muito humilde. Também lhe apresentaram ao Chapolim, um senhor de idade, com um nariz avantajado e orelhas caídas, e o Cuba, que já era conhecido seu. O Cuba era primo do Zeca, um amigo antigo de Rael, que estudara com ele no Euclides da Cunha. Mas Rael estava preocupado em ver somente uma pessoa, e lá estava ela: encostada na parede, olhando-o de longe com aquele olhar de "aproxime-se de mim pelo amor de Deus".

Ele não hesitou em nenhum momento e foi apressadamente em sua direção, deu-lhe um beijo no rosto e desejou-lhe um bom-dia; ela sorriu e disse que estava muito contente de trabalhar com ele. Rael pediu desculpas por não ter se despedido dela no dia anterior. Paula disse que não tinha nenhuma mágoa dele e o convidou para almoçar em sua casa. Rael aceitou, mas durante a manhã ficou se autoavaliando e remoendo pelos cantos que não deveria ter aceitado.

Ao meio-dia, Paula foi até a seção onde ele trabalhava e o chamou para almoçar; ele lavou as mãos. Chegando à casa de Paula, notou que sua mãe e sua irmã estavam lá. Foi um alívio para ele, pois assim ninguém poderia comentar nada com Matcherros. Sentou-se à mesa. A mãe de Paula serviu carinhosamente o prato do dia, uma gostosa macarronada com queijo ralado; ele comeu bem, e os dois foram para a sala conversar um pouco. Lá chegando, Paula começou a falar do relacionamento dela com Matcherros, dizia o tanto que o amava, mas ele era muito frio e parecia não corresponder.

"O que você viu nele?" Rael ouvia Paula com muita atenção, mas em seu íntimo ele se fazia esta pergunta continuamente.

Paula falava sem parar de sua relação conturbada; Rael analisava os fatos em seu interior. Era verdade que Matcherros, descendente de índios, alto, moreno, com um cabelo escorrido e extremamente negro, tinha uma boa aparência... Mas era totalmente superficial e muito desinformado! Como uma coisa tão linda como aquela que estava em sua frente se apaixonara por um cara daquele jeito? Matcherros dormia o dia inteiro, já que ficava jogando PlayStation com o Narigaz, e não estava nem aí pra nada, nem pra ninguém. Rael, de certo modo, sabia que Matcherros só namorava a Paula para poder ter algo garantido, pois de vez em quando ele ficava sem catar ninguém.

E ela estava ali, linda, demonstrando em suas doces palavras que amava aquele idiota que não traria futuro nenhum para ninguém.

Finalmente o papo acabou. Paula estava quase chorando; Rael disse que ela devia se acalmar e colocou a mão em seu ombro em sinal de compreensão. Paula não hesitou, o abraçou carinhosamente e lhe disse que precisava muito de um amigo, e que Deus o havia mandado para orientá-la.

Rael estava ainda mais confuso. Os dois rumaram para a firma e passaram o resto do dia trabalhando.

Marquinhos havia vendido algodão-doce um dia antes e estava com dinheiro suficiente para chamar os manos para comer pão com mortadela e tomar tubaína.

— E aí, Fabiano, vamo lá?

— Ah, Marquinhos, o que liga é a gente dá um rolê, tá ligado?

— Mas pra onde, mano? Tá mó calor da porra, e ontem eu fiquei vendendo algodão pra cacete, deixei de jogar no bar do Celso pra gente poder comer.

— Então vamos passar na casa do Burgos e chamar ele, quem sabe ele num tem mais uma grana pra ajuntar.

— Tá certo, Fabiano, vamo lá.

Andaram aproximadamente uns dez minutos e chegaram à casa de Burgos, que estava mexendo com sua aparelhagem de som. A verdade é que desde que souberam que havia sido o Burgos que matara dona Maria Bolonhesa, por medo de ela o entregar à polícia, o pessoal do bairro o ignorava; só lhe restavam poucos amigos. Ele convidou os dois para entrar e começaram a combinar um possível rolê. Quando estavam se preparando para sair, cruzaram com Jura e o Geóvas, que logo perguntaram onde seria a fita. Burgos respondeu em alto e bom som.

— Que porra de fita, maluco, tá entrando numas?

Jura respondeu:

— Que nada, Burgos, se liga, é que eu vi mó quadrilha formada.

— Porra nenhuma de quadrilha, mano; cê já viu o Marquinhos fazendo essas correria?

— Tá certo, tá certo, desculpa aí, mano, mas pra onde cês vão?

Fabiano respondeu, transparecendo que não estava muito satisfeito com aquela conversa toda:

— Vamo lá no Guaraci, vê se damos umas nadadas.

— Certo, então eu também vô e o Geóvas também, tem algum problema?

Marquinhos abaixou a cabeça em sinal de desânimo, pois sabia que aqueles manos eram freio de rota. Mas, mesmo vendo seu jeito de insatisfeito, Burgos concordou com a ida dos manos; no caso duma encrenca, quanto mais gente, melhor.

Foram para o ponto que ficava perto do ponto final do Jardim Comercial. Iam pegar o Parque do Lago, quando passou por eles o Opalão do Mixaria. Eles acenaram, o carro parou, o China pôs a cabeça pra fora e perguntou:

— Qual é a treta?

Burgos tomou a frente e perguntou:

— Tem o dom de dar uma carona lá pro Guaraci, que nóis vai dar uns mergulhos?

China olhou para Mixaria, que balançou a cabeça afirmativamente; afinal, Burgos era conceituado e não era bom dar motivo pra treta.

Marquinhos, Fabiano, Jura, Geóvas e Burgos entraram no carro, que ficou abarrotado. Mixaria acelerou, acelerou e depois soltou o freio de mão, o Opalão deslizou e quase fez um cavalo de pau. As pessoas em frente ao ponto olhavam, e, enquanto o Opalão sumia de suas vistas, elas comentavam que eles com certeza iam fazer uma correria, praticar um assalto.

Chegaram ao clube, onde os carros podiam estacionar e seriam vigiados pelos guardas, mas teriam que pagar para poder passar com o carro por ali. Marquinhos deu o dinheiro e Mixaria soltou um grande sorriso, finalmente poderia pôr seu carro num lugar seguro e, o melhor de tudo, entraria pelo clube, sem ter que passar pela lama, nem pular os arames da divisa. Seu sentimento de satisfação era dividido com todos ali dentro, que se sentiram importantes e até fingiram estar falando ao celular, menos Burgos, que odiava tanto os playboys que não tinha coragem nem de imitá-los.

Desceram do carro, retiraram as roupas, colocaram-nas lá dentro. Jura e Geóvas estavam de sunga, e Mixaria começou a tirar um sarro, dizendo que eles iam nadar de calcinha. Todos riram, Jura ficou meio sem graça e foi correndo para a água; todos entraram e logo começaram a apostar quem atravessava. Fabiano e Marquinhos não gostavam de arriscar e preferiram ficar na margem, o resto todo saiu em disparada, rumando para o outro lado do Guaraci. Em pouco tempo voltaram cansados e Mixaria começou a fuçar no carro. Marquinhos e Fabiano sabiam o que iria rolar e resolveram sair de rolê, pois não curtiam aquilo. Mixaria deu ledas pra todos e começou a dichavar a maconha, cada um fumou o seu e ficou à pampa, curtindo a natureza e viajando em seus sonhos, não sabendo que o que estava subindo ali era fumaça, mas o que certamente estava descendo era a autoestima, que escorria pelo esgoto.

China terminou de fumar e entrou na água novamente, deu algumas braçadas e seu pé enroscou em algo, veio em sua mente um galho, mas ele já estava engolindo água e puxava sua perna com toda força. Mixaria notou seu desespero na água e correu para ajudá-lo: Burgos olhou a cena e riu, estava torcendo para que ele se afogasse, assim ficaria com seu tênis e sua camisa. Mixaria deu algumas braçadas e o puxou pelo cabelo. China veio, havia se desenganchado, mas quando Mixaria o empurrou para a frente viu que tinha algo atrás dele. Seu espanto foi enorme quando se virou, e então soltou um grande grito. Marquinhos e Jura se jogaram na água e puxaram os dois amigos para a margem sem nem olhar para trás, pois o que os amigos viram era um corpo em estado de decomposição, que já devia estar ali havia dias, e só veio a boiar quando China enganchou o pé em sua boca. O corpo devia estar preso nos galhos que ficavam no fundo do rio, pelo menos foi o que todos pensaram.

A polícia não demorou a chegar e puxou o corpo para a margem com grande dificuldade; parecia que o homem pesava uma tonelada. Um grande número de curiosos contemplava o corpo apodrecido, mas o que mais os assustou foi perceber que na perna esquerda do falecido havia uma corrente, e nela estava amarrada metade de uma tampa de bueiro.

Matcherros havia acabado de acordar e tentava tomar café, mas sua boca estava amargando. Seu irmão entrou na sala correndo e disse que havia um homem no São Bento e que todos iam lá ver. Matcherros perguntou se o Narigaz já havia acordado; Nandinho respondeu que ele e o Alaor já estavam vendo o cadáver e que tava todo mundo lá. Matcherros terminou de tomar o café e foi para o São Bento ver o morto, mas ficou chateado quando viu que não era na rua. Pra ter morrido dentro de casa, certamente havia sido uma parada cardíaca ou alguma doença causada pela bebida. Tinha uma fila na porta da casa do morto, e todo mundo retrucou quando Matcherros entrou na frente do Narigaz.

— E aí, o que que tá pegando aí, mano?

— Um maluco se matou por causa de uns problemas, acho que é por causa do desemprego — respondeu Narigaz.

— Se fosse assim, mano, nós tudo já tinha se matado, né não? — perguntou Alaor a Matcherros.

— Pode crê. Mas e aí, como ele se matou, Narigaz?

— Se enforcou com uma corda daquelas de varal, tá ligado?

A fila estava andando, mas logo se desmanchou quando um cara saiu lá de dentro reclamando que a mãe do maluco havia retirado o corpo e o colocado na cama. A maioria das pessoas desistiu de ver o morto; afinal, todos queriam vê-lo na forca. Narigaz entrou, viu e saiu falando que daquele jeito não tinha nada a ver.

— Até cobriram o maluco com uns lençol.

— Ih, mano, eu nem vou entrar, tá ligado? É melhor a gente sair fora, porque não quero nem cruzá com os homens; do jeito que tá as coisas, é capaz de eles reconhecer a gente daquela parada da moto, tá ligado? Vamo sair fora.

Alaor e Narigaz concordaram e foram para a Vivenda das Pousadas tomar umas cervejas.

7

JÁ ESTAVA NA HORA DE SAIR, e o sinal tocou durante alguns segundos. Rael estava conversando com Chapolim, e Paula o chamou para ir embora. Ele se despediu do novo amigo e foi com ela. No caminho para casa, Paula pediu desculpa por ter desabafado com ele, afinal ela nem o conhecia direito. Rael disse que ela podia ficar à vontade e que sempre é bom conquistar novos amigos. Paula se sentiu grata e percebeu que estava muito contente com a nova amizade, mas o bate-papo não durou muito, já que sua casa já estava bem perto. Eles se despediram.

Rael decidiu voltar, e no meio do caminho avistou uma igreja evangélica. Entrou na igreja, o culto ainda estava no início, e notou o livro preto que todos seguravam quase na mesma posição. Viu a atenção dos irmãos e, embora tivesse sido frequentador de uma igreja católica, tentou respeitá-los, pois sabia que ali estavam protegidos, guardados do holocausto, do inferno verdadeiro e diário, ou pelo menos se escondendo temporariamente dele. Rael fechou os olhos e tentou orar, mas não conseguiu. Viu tudo errado: o pai que degolou o filho em um momento de loucura química, a mãe que fugiu e deixou três filhos, a grande manipulação da mídia que elege e derruba quem quer, a forte pressão psicológica imposta pela família, o preconceito racial, o pastor que em três anos ficou rico, o vereador que se elegeu e não voltou para dar satisfação, o dono de banco que recebe ajuda do governo e tem um helicóptero, os empresários coniventes, covardes, que vivem da miséria alheia, a mulher grávida que reside no quarto de empregada, o senhor que devia estar aposentado e arrasta carroça, concorrendo no trânsito com carros importados pilotados por parasitas, o operário da fábrica que chegou atrasado e é esculachado, o balconista que subiu de cargo e perdeu a humildade, o motorista armado, o falso artista que não faz porra nenhuma e é um puto egocêntrico e milionário, o sangue de Zumbi que hoje não é honrado.

Rael não conseguiu rezar, pois no bairro a lei da sobrevivência é regida pelo pecado; o prazer dos pivetes em efetuar um disparo, a palavra "revolução", a necessidade de ação, mais de duzentos mil revoltados que não estão enganados. Rael percebeu que aquele mesmo menino que pedira tantas vezes uma colher em sua porta pra queimar um bagulho agora rezava para alguém colocá-la debaixo de sua língua para que ele pudesse sobreviver. Rael tentou se concentrar em Deus, mas pensou no que seria o céu... Teria periferia lá? E Deus? Seria da mansão dos patrões ou viveria na senzala? Ele entendeu que tá tudo errado, a porra toda tá errada, o céu que mostram é elitizado, o Deus onipotente e cruel que eles escondem matou milhões; tá na Bíblia, tá lá, pensava Rael, mas apresentam Jesus como sendo um cara loiro. Que porra é essa, que padrão é esse? Rael chegou à conclusão mais óbvia: aqui é o inferno, onde pagamos e estamos pagando; aqui é o inferno de algum outro lugar, e desde o quilombo a gente paga; nada mudou. Ele se levantou e resolveu não respeitar mais aquela porra; ele sempre desconfiou que os crentes são cheios de querer, que eles te olham como se você estivesse queimando. Eles estão todos a salvo, mas a gente não.

Vagou pela rua e lhe vieram várias lembranças, lembranças daquele pastor que esfaqueou um homem morro acima: o homem gritava e se retorcia, os golpes eram fortes e seguidos, o pastor fazia força e o homem ia recuando, subindo o morro, a faca perfurava órgãos internos, o homem era um boneco, caiu no chão frio. A dor do pastor? Uma paixão, o amor de sua filha. Rael sabia da história, a filha pura do homem de Deus e o escravo do crack juntos, unidos, nus no ato de amor divino. Rael tentou parar de raciocinar, tentou parar de pensar, tava tudo errado, a porra toda tava errada. Tudo.

Resolveu pegar um ônibus para voltar e ficou esperando no ponto, que estava cheio como sempre. Encontrou Capachão, começaram a conversar, e o amigo lhe disse que logo seria chamado para entrar na academia do Barro Branco, onde seria treinado para, se Deus quisesse, em breve tornar-se policial. Rael se sentiu orgulhoso do amigo, pois a maioria dos demais não queria nada com nada. Durante a conversa, começaram a falar de literatura, e Capachão lhe contou que, a pedido da professora, estava lendo um livro dum cara chamado Drummond. Rael teve vontade de ler também. Eles se despediram e Rael pegou o ônibus. Alguns minutos depois chegou em casa e, para seu espanto, Matcherros o esperava.

Em seu íntimo, Rael se sentiu como um traidor pelos pensamentos que tinha. Pensava em Paula constantemente, mas sabia que ali traição era resolvida à bala; tinha que saber tratar o amigo para que não desconfiasse.

— E aí, seu vagabundo! Tá me esperando há muito tempo?

— Que nada, Rael, eu cheguei há pouco e fiquei conversando com sua mãe, ela até fez um café fresco.

— Tá certo, eu vou beber um pouco também... E o pessoal lá, tá tudo à pampa?

— Tamos indo, mas eu vim aqui pra falar com você sobre a Paula.

Rael, ao ouvir aquele nome, quase teve um ataque cardíaco, mas manteve a pose e perguntou:

— Por que falar da Paula?

— Sabe o que é, Rael, eu num tô mais a fim dela, tô com outra mina da hora e queria saber se ela gosta mesmo de mim, ou se aceitaria fácil eu largar ela assim, tá ligado?

— É, cara, eu num sei não. Pelo que ela me fala, deve gostar muito de você.

— Droga, é foda mesmo... A mina tá engordando, não se cuida mais e eu tenho que ficar com ela, dá licença!

— Ei, Matcherros, não é por aí não, meu. A mina é mó gente boa e muito bonita, não merece ser tratada assim.

Após concluir a frase, se sentiu mal, pois poderia estar transparecendo algo. Logo a resposta de Matcherros veio, e ele percebeu que o amigo nada notara.

— Eu sei, cara, mas eu não queria mais ficar amarrado com ninguém. E sabe de uma coisa? Logo, logo eu vou terminar com ela, num vou ficar com alguém que eu não gosto mais.

— Bom, mas aí é você que decide, mano, eu não posso fazer nada, chega nela e explica a situação.

— Você pode fazer sim. Fica de olho lá na firma, se ela se interessar por alguém, pelo menos um pouquinho, você me conta que eu vou ter o motivo pra terminar tudo.

— Num sei não, Matcherros, acho que é embaçado fazer isso, eu considero ela e você.

— Ah, meu, dá um toque, só isso. Me dá um toque quando você achar um motivo, assim ela não vai ficar no meu pé e nem sofrer muito, tá ligado?

— Tá certo, eu aviso. Mas vê se chega na moral com a mina, Matcherros, a mina é de responsa.

Matcherros colocou o copo em cima da mesa e se despediu. Rael acompanhou o amigo até a porta, saiu pra rua e viu que as crianças estavam brincando de pega-pega. Sentou na calçada e, vendo o amigo se afastar, começou a pensar: uma luz havia surgido no fim do túnel, e por um milagre Paula estaria livre e desimpedida. Resolveu entrar, pegou um pedaço de papel higiênico no banheiro, foi até a pia, molhou uma ponta do papel e começou a limpar os óculos, depois foi para a sala e ligou a televisão. Como não estava passando nada que prestasse, foi ao quarto de sua mãe e a viu dormindo; seu pai estava no chão ao lado da cama, totalmente sujo. Ele tentou entender como um homem pode perder todo o caráter diante do álcool, mas decidiu não pensar nisso, não iria perder seu tempo novamente. Pegou algumas revistas em quadrinhos, sentou-se à beira da cama e começou a entrar nas histórias de Garth Ennis, seu autor favorito. Leu algumas páginas, mas, quando o pastor estava para matar os anjos rebeldes, ele dormiu.

8

Rael chegou ao serviço cedo e a primeira pessoa que viu foi a Paula. Ela estava radiante, de calça jeans e uma camiseta branca, de onde transparecia um lindo sutiã rosa. Rael lhe deu um beijo e os dois entraram na metalúrgica.

Na hora do almoço se encontraram novamente e combinaram de voltar juntos.

O sinal ecoou como um grito de liberdade. Rael correu para o banheiro, lavou o rosto, trocou de roupa, retirou o boné todo coberto de tinta em pó, penteou os cabelos e saiu todo contente. A felicidade estava no ar, e Rael não conseguia escondê-la. Aguardou na porta por alguns instantes e Paula chegou esboçando um grande sorriso, os dois desceram a ladeira quase colados um no outro. Rael deu a ideia de irem de ônibus, pois naquele dia havia trabalhado em pé, pendurando as peças e as forneando. Paula não hesitou, e pegaram o primeiro que passou. Assim que subiram, Paula disse que estava com fome e que já fazia tempo que chamava Matcherros para irem ao Esfiha Chic, mas ele sempre tinha uma desculpa. Rael não hesitou nem um minuto e a convidou para irem lá. Ela ficou pensativa mas aceitou, já que o ônibus que pegaram passava pelo local.

Desceram em frente ao Esfiha, entraram, escolheram uma mesa e logo fizeram o pedido. Alguns minutos depois estavam comendo. Paula, enquanto comia, comentava que Matcherros não tinha nada a ver com Rael, pois não gostava de sair, e sempre estava melancólico e paradão, diferente dele, que era agitado, falava muito e ria constantemente. Rael agradeceu o elogio, mas defendeu o amigo comentando que ele estava numa situação difícil, pois já não trabalhava havia muito tempo; Paula retrucou dizendo que video game não daria emprego para ele nunca. Resolveram mudar de assunto e começaram a falar da empresa. Enquanto Rael molhava suas batatas no suco de Paula, ela ria sem parar, chamando-o de louco e dizendo que nunca conheceu ninguém que gostasse de batatas com suco de melão. Rael fez uma expressão de malícia e disse que estava fazendo aquilo só para ela rir. Os dois terminaram o lanche e foram para o ponto; Paula pediu a mão de Rael, que estranhou. Ela disse:

— Me dá sua mão aqui, seu bobo.

Ele levantou a mão vagarosamente; ela pegou seu dedo mindinho e o encaixou no seu, dizendo que era um gesto de amizade e que Rael era uma ótima pessoa. Ele ficou muito tenso, afinal alguém poderia passar e o ver quase de mãos dadas com a namorada de seu melhor amigo. Mas felizmente o ônibus não demorou a passar e eles chegaram à área. Despediram-se com um leve beijo no rosto.

Rael chegou em casa com mil e um pensamentos e não conseguiu dormir naquela noite. Não sabia mais o que fazer, estava em sua mente só a lembrança dos olhos de Paula, o brilho de seu sorriso e a embriaguez de seu corpo, que para ele era a coisa mais perfeita do mundo.

Jura, China, Mixaria e Burgos estavam tomando cerveja em frente ao bar do Polícia, e quando avistaram Geóvas pegando uma lata de Coca-Cola do chão se ligaram que o mano ia fumar pedra. Começaram, então, a comentar o futuro do maluco. Ratinho chegou à banca e ouviu os comentários sobre Geóvas, e disse que ele já tava vacilando e que roubara o botijão de gás da dona Izé. Burgos se irritou e disse que não adiantava o Ratinho agitar encrenca, que ele tava à pampa, e começou a falar muito nervoso, quase chorando.

— Mano, eu já tô cheio dessas tretas, tá ligado? Se ele qué robá os vizinho, que se foda, que alguém tome as dor e suba ele, tá ligado? Eu quero só curtir, mano.

Mixaria, estranhando o desabafo de Burgos, perguntou por que ele estava daquele jeito. Burgos respondeu rapidamente, sob os olhares atentos dos companheiros, que nunca o haviam visto daquele jeito.

— Tá foda, mano. Sabe aquele mano que nóis subiu lá perto da balsa, no Grajaú?

China foi o único que respondeu.

— Sei, sim, o maluco que caguetou nóis pros homi.

— É esse mesmo, mano, eu tô sonhando com ele direto. No sonho ele vem e pega na minha mão, vai me arrastando, e tem uma luz vermelha atrás dele. É mó assombro, mano, e toda manhã quando eu acordo eu sinto um puta cheiro de queimado. A gente não devia ter queimado ele não, mano.

Jura e China, desde pequenos, tinham um grande medo desses assuntos; quando faziam fogueira com os outros manos, quando alguém começava a contar histórias estranhas, eles logo saíam fora. E foi o que fizeram, só esperaram Burgos terminar, por medo que ele ficasse bravo com a saída deles. Mesmo assim, Burgos notou quando eles largaram os copos e saíram de fininho e comentou com Ratinho:

— Cambada de comédias, o maluco me persegue e é eles que sai fora com medo, num é foda?

— Pode crê — respondeu Ratinho, contendo o medo que também sentia daquilo.

9

A ALGUNS METROS DALI, Val falava alto e esboçava gestos de briga, enquanto seu ouvinte tentava acalmar a situação, pois sabia que o bicho podia pegar até pra ele.

— É, mano, cê tá ligado? Eu gosto do bagulho, cê tá ligado? Mas eu não posso usá. Se pudesse... Mas não posso, tá ligado? Tenho dois filho pra criá, agora o cara leva meu lucro, chega pedindo na noia, dizendo assim: "Ei, Val, qualé, meu, te pago na sexta-feira, juro". E depois qué dá uma di migué. Tô na aba do viado faz mó cara, desde o começo da festa. Meu mino, o Dinei, já disse: "Deixa que eu resolvo a parada, Valquíria". Aí eu liguei que a parada é minha. Eu vendi, eu resolvo, morô? Se num pagá hoje, que por acaso é sexta-feira, eu deito ele, mano, é meu lucro, morô? Eu num consumi pra levá o leite pros pivete, e o viado curtiu o bagulho, num pagou, é safado, num tem ideia! Ó lá ele ali, é aquele de jaqueta verde! Curtiu o bagulho e agora num qué dá meu lucro, cinco real, morô? Era meu ganho, mas o viado queimou ele. Eu tô loca pra consumi, só goró num age mais, mas num tenho como. O Dinei qué resolvê, mas a parada é minha! Ó lá, pegou outra cerva! Num é sacanagem, mano? Pô, tô dependendo do cara.

— Deixa quieto, Val, num vale nem uma bala; cê tá muito agitada, deixa quieto.

— Que nada, mano, eu vou lá e cê vai vê, vô metê a mão na cara dele! Homi que é homi não apanha na cara, ainda mais de muié. Se reagi, tá fudido, vai sentá no colo do capeta.

— Não, meu, tem muita gente, e ainda aqui, no bar do Polícia, é embaçado, Val. Faz o seguinte: pega na quebrada. Val! Val! Deixa quieto, ô Val...

— Aí, maluco! Toma na cara e segura isso aqui, ó! Viado do caralho.

— Val!

Burgos se jogou atrás de um Fusca e sacou seu oitão, mas ficou na moral quando percebeu que ninguém tinha mandado em cima dele, era treta com outra pessoa. Colocou na cinta e chamou o China pra sair fora, o corre-corre já era generalizado, e eles viram vários manos sacando, sabiam que o bicho ia pegar. Correram pra Cohab do Jânio e desceram pelo morrão, pularam o muro do José Olímpio e desceram pra favela, foram pro barraco do Ratinho pra ver se ele já tinha chegado lá. Bateram na porta e Jura abriu segurando uma doze. Burgos disse que estava tudo bem e que a treta era da Val e de um mano lá da Cohab. Ratinho estava na mesa e pediu que entrassem, pois precisavam endolar o esquema pra vender num show de rock que teria lá no Pacaembu. As caixas de sorvete haviam sido roubadas alguns dias antes e o disfarce já estava bolado. Burgos ficou ganhando a esperteza de Ratinho e disse:

— Você é foda mesmo, mano. Vai todo mundo de sorveteiro vendê os bagulho?

— Claro, truta, cê já viu polícia batendo geral em sorveteiro? E nóis pode passá pelas fila de espera nos portão com mó moral, tá ligado?

Todos começaram a rir, e Ratinho, pra comemorar, separou alguns fininhos para todos fumarem.

— Nossa, Paula, esse ônibus tá demorando hoje — disse Rael, fitando-a nos olhos.

— É, realmente, hoje ele tá demorando mais que os outros dias... Mas tem problema não, é melhor que a gente fica junto mais tempo — respondeu Paula com olhar de menina travessa.

Rael percebeu que o momento era propício e resolveu puxar um papo mais incomum, perguntando à Paula por que toda mulher tem um ponto fraco.

— Sei lá, só sei que é verdade, Rael, toda mulher tem um

ponto fraco mesmo. Mas elas nunca revelam, o homem é que tem que descobrir.

— É, mas o seu eu nem tenho que tentar descobrir, porque eu já sei.

— Ah, até parece que sabe! — respondeu Paula, soltando uma grande gargalhada.

Eles estavam sozinhos no ponto de ônibus, e Rael se ligou que aquela era a hora certa de atacar: falou rápido para ela olhar para o lado; ela virou-se e olhou curiosa, ele levantou seu sedoso cabelo negro e deu uma leve mordida em seu pescoço angelical. Paula se contraiu e, sem dizer uma palavra, fitou o amigo seriamente. Nesse olhar, Rael captou algo estranho. Ela continuou a olhar e, num gesto inesperado, o puxou, segurou em sua nuca e lhe deu o beijo mais gostoso e ardente de toda sua vida. Ele respondeu à altura e se sentiu satisfeito com a demora do beijo.

Os dois só resolveram parar quando escutaram o barulho do ônibus se aproximando. Deram sinal e entraram, tinham um ar de tranquilidade e satisfação, parecia que uma grande muralha havia se quebrado.

Alguns pontos à frente um homem deu sinal, e quando subia os primeiros degraus jogou uma ponta de cigarro no chão e a apagou com um pisão de sua bota escurecida pela sujeira. O homem passou pela catraca e encarou o cobrador, dando-lhe um pedaço de papel que substituía o dinheiro. Foi para o último banco do lado esquerdo, dois metros após o eixo traseiro, ficando bem perto do calor do motor.

Parecia vislumbrar algo que não via fazia muito tempo. Ficou incomodado com o som do motor do veículo, que a cada ponto recolhia mais passageiros pela porta da frente. O motorista nunca olhava nos olhos de nenhum deles.

Os pensamentos do homem o levavam a algo real e persistente. Caminhos em círculo. Paranoia do cotidiano. O homem só, ali no canto, classificava a si próprio como um louco e a vida como louca. Sua consciência em jogo. Sentia-se preso, embora estivesse em liberdade. Ele tinha acabado de invadir a casa de um playboy nos Jardins. Agora, no ônibus periférico rumando para casa, a visão era outra. As casas iam aparecendo, uma após a outra, sempre mal-acabadas. O homem sabia que alguns poucos homens mandavam no resto dos outros homens; o homem conversava com sua própria consciência.

Paula, do lado de Rael, encostada, sabia em seu íntimo que o que estava acontecendo era loucura.

No caminho, quase nenhuma palavra. A única conversa que tiveram foi curta e sobre um acidente de ônibus ocorrido dias antes. Rael sempre se recordava das frases ditas pelos seus amigos. "Primeira lei da favela, parágrafo único: nunca cante a mina de um aliado, senão vai subir."

PARTE III

10

NÃO SE DESPEDIRAM. Rael pensou que aquilo não deveria ter acontecido e que ela nunca mais iria falar com ele. Mas estava totalmente enganado, pois no outro dia, logo pela manhã na metalúrgica, Paula chegou, lhe deu um beijo no rosto e sussurrou em seu ouvido:
— Até a tarde, meu vampirinho.

Zeca notou que Rael estava muito calado e resolveu puxar papo com o amigo. Perguntou se estava acontecendo algo e, com a negativa rápida e precisa de Rael, decidiu começar a contar suas vantagens, como sempre. Rael o fitou nos olhos e disse que não estava muito pra conversa, mas Zeca é daqueles que nem dão tempo pra explicação, e começou a falar:
— Mano! Cê precisa vê, catei a Fátima ontem e levei lá pro Doce Mel.
Rael não estava a fim de ouvir aquela conversa, mas sabia que não tinha como fugir do amigo de trabalho e resolveu perguntar:
— Finalmente você conseguiu. Mesmo com essa cara feia?
— Vixe, ladrão! Ela foi comigo na disciplina, aqui é nego doce.
— Nossa, que da hora, mano, ela é muito gata!
— Sim! Linda demais, mas foi fácil não, viu?
— Cuidado, mano, ela é irmã do Maguinho, que tá preso.
— Tranquilo, beijei ela gostoso, aí rolou aquele jogo de mão e pá, mas ficamos só nisso mesmo.
— Cê é foda, hein? E aí, o que vai pegar, então?
— Que se foda, ladrão, vou namorar, agora vou seguir numa de ter um compromisso.

— Poxa, e o ex dela num embaça?
— Ah! O Jacaré? Esse tá até catando outra já.
— Da hora, esses dias ele bateu com a moto de frente com a moto de um mano lá da Cohab.
— Ah! Sei, já sei. Ele tava bem louco, tava bebendo altas brejas no Saldanha e tava vindo bem chapado pra cá, entrou na contramão e bateu de frente com o maluco, né?
— Bom, é o que os manos tão dizendo, mas o que ele me falou é que, quando ele jogou a moto pra esquerda, o maluco jogou também, tá ligado?
— É, mas ele perdeu toda a razão quando fugiu e abandonou a moto lá. Também, e o medo de ter que pegar cana por causa da mina do cara...
— Certo! Mas agora a situação dele é pior, pois os manos da Cohab querem subir ele, e a polícia tá atrás dele por homicídio, já que a mina tava grávida e acabou morrendo.
— Agora, na moral, Zeca, deixa eu trampar em paz, falou?
— Tá, tá bom, nervosinho, depois nóis troca mais umas ideias.

Com o final do expediente, Rael saiu da metalúrgica e Paula veio atrás. Ele fingiu não a ver, pois estava meio envergonhado pelo que havia acontecido, e uma coisa lá no fundo lhe pedia que parasse imediatamente. Ela o alcançou e logo lhe fez uma pergunta:
— E aí, Rael, como dormiu ontem, hein?
— Bem, mais ou menos bem, por quê?
— Porque eu não dormi bem. Sabe, pensei bem, e o que fizemos foi uma coisa estranha; eu gosto do Matcherros e não sei por que fiz aquilo.
— Olha, Paula, eu também não sei o que aconteceu, só sei que pra mim foi bom, mas o Matcherros é um ótimo amigo e tô me sentindo culpado.
— É, é bom você se sentir culpado mesmo, porque foi você que provocou tudo. Por que você tinha que morder meu pescoço?

— Você reclama agora, mas naqueles papos de ponto fraco, Paula, eu sabia da sua fascinação por vampiros. Cê usa até chaveiro... E bem que você gostou, né, Paula?

— Mas isso não interessa. O que tá feito, tá feito, e agora a gente tem que tomar cuidado para não dar na cara. Né, meu vampirinho?

— O que você quer dizer com isso? Será que eu tô entendendo direito? Você quer continuar com isso?

— Claro que sim. Ou você acha que tenho que ser fiel ao Matcherros? Ele não me valoriza e, por mais que goste dele, quero ser sua vítima de novo.

Com aquela resposta, Rael não teve mais dúvidas. Eles se aproximavam da casa de Paula, e sem hesitar Rael pegou em sua mão e a puxou para perto de si. Ela ficou aparentemente espantada, mas na verdade já esperava por aquele ato. Ele a envolveu em seus braços e lhe deu um longo beijo; quando terminaram, ambos estavam quentíssimos, e com uma bitoca se despediram. O elo dos amantes não era mais iminente, e sim real.

Rael chegou em casa ainda meio tonto. Não sabia o que faria de sua vida; não sabia se pensava se tinha consideração pelo amigo ou naquele estranho amor, mas sabia que ela não amava o Matcherros. De algum jeito ele teria que resolver a situação. Logo ao entrar, recebeu um beijo de sua mãe, que ainda estava com as roupas do serviço. Olhava a figura de sua doce mãe se dirigir ao fogão e girar o botão do fogareiro: o feijão estava pronto e o arroz seria o resto de ontem. Ela logo fez seu prato carinhosamente: arroz, feijão e mandioquinha frita. Rael começou a comer e, pensativo, chegou à conclusão de que, no serviço de sua mãe, ela não deveria passar de uma dona Maria qualquer; aquela que cozinha bem, que trata dos filhos dos outros bem, mas que dificilmente teria seu nome lembrado pela família que tanto explora seus serviços. E, num futuro certo e premeditado, aqueles garotinhos que ela ajudava a criar e a alimentar seriam grandes empresários como o pai, e com certeza os netos daquela simples dona Maria seriam seus empregados mal assalariados e condenados a uma vida medíocre.

Terminou de comer, pegou uma revista do Justiceiro e, após algumas páginas, já estava dormindo.

Só acordou às quatro da manhã. Acordou, mas não levantou; os disparos continuaram ainda por muito tempo, e ele já tinha ideia de como seriam os comentários pela manhã. Tentou dormir, não conseguiu, não antes de rezar para que Deus protegesse os seus e que aqueles tiros que varavam a madrugada não tivessem atingido nenhuma pessoa inocente. Meia hora depois, voltou a despertar assustado; dessa vez escutava gemidos. Correu para a cozinha e não avistou ninguém, correu para o quartinho de sua mãe e não gostou do que viu: dona Maria estava no chão com as mãos postas sobre o estômago. Ele já sabia o que era e pediu a ela que aguardasse um pouco; foi para a cozinha e preparou depressa um chá. Colocou suavemente em sua boca e a pôs na cama com cuidado. Dona Maria aquietou-se, mas ele sabia que a dor ainda não tinha acabado.

Um novo dia. Rael levantou da cama rapidamente e gritou:
— Bom dia, Capão! Bom dia, Vietnã!

Tomou café. Sua mãe estava mais disposta e já havia saído, deixando avisado em um bilhete na mesa que estava na feira. Rael chegou à metalúrgica, cumprimentou Zeca e Cuba, que já estavam na porta, e os amigos lhe falaram com muita euforia do acampamento que haviam feito. Pelo jeito que narraram a aventura, pareceu que o South e o Narigaz beberam muito e aprontaram mais que os outros, como sempre.

Pouco depois chegou o Chapolim, e a Paula veio logo atrás. Eles se cumprimentaram e esperaram por seu Oscar, o dono da firma, que demoraria mais alguns minutos. Tardou, mas não falhou: estacionou o Corsa rapidamente, disse um bom-dia eufórico para os funcionários e abriu o escritório, ligando as máquinas. Todos começaram a organizar o local para mais um dia de trabalho. Rael tinha a consciência de que ainda teria muito a aprender, e os primeiros dias, sempre os piores em qualquer trabalho, já haviam passado, então agora teria que tocar a bola pra frente.

Na sua cabeça lhe veio o pensamento da querida mãe, e ele tomou a decisão de no final do mês comprar um presentinho para ela. Talvez um vestido ou um sapato, bem humilde mesmo, pois sua mãe não gostava de nada que fosse luxuoso, não se sentia à vontade. Ele continuou pensando em vários assuntos enquanto trabalhava, até que foi interrompido por Zeca.

— E aí, mano, como vai?
— Tudo bem, Zeca. Vou bem, só minha mãe que não tá muito bem.
— Por quê? O que aconteceu com dona Maria?
— Ela tá com aquela dor de novo, tá ligado? E os médicos num sabe o que é!
— Que pena, hein! Ela é tão legal; não merece isso.
— Pois é, mas já tá melhor. Ela tomou um chá e melhorou.
— Tá certo. Mas, mudando de assunto, você tá mesmo lendo direto, é?
— Bom, eu leio quase todo dia mesmo.
— É, Rael, o Matcherros que me disse, ele ainda ligou que você pode ficar meio xarope de tanto lê.
— Caralho! Que exagero da porra, esse Matcherros filho de uma porca é um fofoqueiro da porra, meu.
— É, ele tava comentando, tá ligado? Mas cê sabe que ele leva tudo na zueira.
— Sabe, Zeca, o que me preocupa no Matcherros é essas ideia dele se envolvê com os malucos que busca moto, tá ligado?
— Ele devia colá com os caras lá do Fundão, que é mais da paz.
— Pois é, truta, ele tava indo lá direto, tava pegando mó consideração, desconversou e nunca mais voltou lá!
— Desconversou de alegre, porque é só mano firmeza que cola ali. É subindo a Sabin, tá ligado? Tem uma pá de mano ali que procede, afinal, respeito ali é a lei.
— Certo, mano, é lá que cola os rappers aqui da Sul, né não?

— Eu tô sabendo que cola principalmente o Brown, tá ligado? E os outros manos que cola lá é os caras do Tref e do Negredo, fica mó banca lá no murão.

— Então! E o maluco num qué ter companhia boa? Deixa ele, choque; cada cabeça, seu guia.

— Certo! Agora deixa eu lixar essas peças pro Chapolim poder fazer a pintura a pó.

— Falou, truta! Depois nóis troca mais umas ideias.

Zeca subiu para o segundo andar e começou a ajudar o Cuba a passar as peças nos ácidos; o dia passou rapidamente e Rael bateu o cartão e desceu para casa. Não olhou para trás em nenhum momento, pois tinha medo de que Paula viesse logo em seguida, e, se viesse, com certeza não conseguiria evitá-la, teria que falar com ela. Chegou em casa, jantou, falou um pouco com sua mãe sobre os fatos acontecidos na firma e saiu para encontrar os amigos na viela, mas o Narigaz e o Alaor haviam saído, e no poste só estavam o Cebola e o Amaral. Chegou cumprimentando os trutas, Cebola foi lhe perguntando como tinha sido o dia de serviço, Rael respondeu que tinha sido como os demais dias, sem novidade.

— É, pelo menos você tá trampando, né, Rael?

Rael se lembrou da situação do amigo e perguntou:

— E aí, Amaral, e os trampos?

— Ah! Tá foda, meu, tô procurando toda segunda e terça, mas tá uma dificuldade de fazê uma ficha que só você vendo, mano.

— Eu imagino, mano, esse governo fodeu todo mundo mesmo. Pra você vê, de todos os caras que têm aqui, só quem tá trabalhando é o seu irmão e o Cebola, que trabalha no Bob's.

Cebola entrou na conversa.

— É, eu também tô procurando trampo por fora, Rael, afinal o Bob's paga mó mixaria, mano, e lá em casa só tem o dinheiro da aposentadoria do meu pai, porque aquele bosta do meu tio, o Carimbê, num presta pra nada, só fica nos bar bebendo uma cana da porra.

— Mas, Cebola, o Carimbê num tava ajudando a construir sua casa? — perguntou Rael.

— Num tá fazendo mais que a obrigação dele, e eu avisei que tá o maior boato que os caras da prefeitura vão derrubar essa porra, mas ele é teimoso e disse que vai fazê um sobrado bem louco pro meu pai ter mais conforto.

Amaral resolveu dar sua opinião.

— Bom, cada um na sua, né? Ele também não deve ficar esperando os homens decidirem, esse boato tá rolando faz mó cara. Lá em casa o Panetone tá reformando o banheiro e passando massa fina na sala, e, apesar de tudo, temos que melhorar.

— É, tá certo mesmo, eu também tenho que fazer uma reforma lá em casa; mas o dinheiro da metalúrgica num dá pra nada.

— Mas, Rael, eu ouvi falá que lá paga um dinheiro bom.

— Cê tá louco, Amaral, cê acha que salário de microempresa é bom? Nem na China. Tô tendo que fazer um monte de hora extra pra poder ajudar em casa.

— Mas é assim mesmo, a situação tá difícil pra todo mundo. Por falar nisso, eu vou lá em casa esquentá a janta, minha mãe e o Panetone tão quase chegando, e eles falam um monte se eu num preparar a comida.

— Falou, mano, eu também vou sair fora. Falou aí, Cebola.

— Falou aí, Rael, depois nóis troca ideia.

Rael se retirou, estava garoando. As pessoas que antes estavam na viela já tinham entrado, e os poucos que ficaram na rua já estavam dentro dos bares. Rael andava apressadamente e preocupado, porque o tempo esfriou rápido, e quem não tem casa com laje fica ferrado, pois o frio entra pelos buracos e detona qualquer um. Rael pensava em sua mãe, que além de tudo tinha problema de reumatismo, e iria passar mais uma noite de dor.

Chegou em casa, entrou, e lá dentro estava pior do que lá fora, um frio miserável. Sua mãe já estava dormindo; ele notou que ela estava embrulhada com uma só coberta, e foi conferir o que já tinha como certeza. Teve vontade de chorar: sua cama estava arrumada, com uma coberta servindo de lençol e duas para ele se embrulhar. Desde pequeno sua mãe fazia isso, era um jeito de esquentar seu querido filho. Rael pegou a coberta mais grossa, foi para o quarto e embrulhou cuidadosamente dona Maria. Notou que a pessoa que lhe dava de tudo tremia de frio e que estava com os dentes em pequenos movimentos fazendo um som baixinho, um som estranho, de agonia, de dor. Foi para seu quarto, apagou a luz e deitou; mas, antes de dormir, Rael se lembrou da família dos Pereira, que, em uma noite fria, decidiu acender um monte de carvão para aquecer a casa e foi dormir. A mãe, o pai e os dois filhos amanheceram mortos, asfixiados.

11

UM NOVO DIA COMEÇARA, e Rael não conseguiu levantar quando percebeu que estava com duas cobertas, incluindo aquela que ele tinha dado à sua mãe na noite anterior. Ele não conseguiu levantar imediatamente. Virou de bruços e chorou como uma criança. Mais uma prova de amor de sua mãe, mais uma vez ela levantara de madrugada, o embrulhara com seu cobertor e ficara dormindo no frio.

Ficou deitado por mais alguns minutos e resolveu levantar, pois tinha que ir para a metalúrgica. O que estava presente a todo momento em seu pensamento não era o serviço, e sim Paula. Ele não conseguia esquecer aquele beijo, tinha sido a coisa mais fantástica que lhe acontecera. Mas e Matcherros? Quando esse nome lhe vinha à cabeça, ficava mais pensativo ainda. Resolveu tomar um banho. Esquentou água, porque o chuveiro estava quebrado, e tomou um demorado banho de canequinha. Preparou sua roupa de serviço e desceu a ladeira com um peso nos ombros.

Trabalhou o dia todo; tentou vê-la, mas não conseguiu. O Chapolim já estava desconfiando com o tanto que ele andava pelos corredores. Foi para casa cabisbaixo e, quando desceu pela rua da feira de domingo, viu que tinha alguém na porta de sua casa. Não demorou muito para notar que era uma figura feminina, e, quanto mais se aproximava, mais seu coração disparava.

— Paula! O que tá fazendo aqui e a essa hora?

— Tive que faltar hoje, meu vampirinho, e eu quero falar com você.

Ele olhou para os lados, averiguando se alguém os estava observando, pensou rapidamente e a chamou para entrar. Ela aceitou. Ele a levou para seu pequeno quarto, acendeu a luz e se sentaram na cama.

— O que você quer conversar, hein?

— Sabe, Rael, é que eu estava com saudade, eu não te vi ontem e queria saber como vamos ficar.

— Bom, como vamos ficar? Eu nem sei o que estamos fazendo. Você não gosta do Matcherros?

— Gosto, mas sei lá, é estranho... Vem cá.

Ela o agarrou e o beijou com uma vontade desenfreada. Ele não demorou muito a morder-lhe o pescoço, ela ficou doida e ofegava alto, ele percebeu suas mãos provocantes lhe alisarem as coxas e começou a passar as mãos delicadamente em seus seios formosos e fartos. Notou que o bico era imenso e começou a acariciá-lo. Abriu os olhos para ver a expressão de sua parceira de traição, e a paisagem vista em seu rosto era linda, quente, avermelhada. Só percebeu a roupa da garota quando a tirou, e em poucos segundos estava de joelhos, com a metade do seio de Paula em sua boca. Sentia com a ponta da língua que o bico estava rígido, ela se retorcia, descia e subia suas imensas unhas nas costas de Rael, que rapidamente retirou a camisa e a calça, voltando a agarrá-la sem deixá-la ter tempo de pensar no que estava acontecendo; os dois eram simplesmente o descontrole total.

Rael terminou de lamber seus seios e desceu rapidamente para o umbigo, mordeu-lhe a barriguinha várias vezes e abaixou sua calcinha branca. Ela tentou erguer sua cabeça, mas não conseguiu. Ele lhe proporcionou um prazer indescritível, ela estava suando e pedia uma penetração rápida e desenfreada, mas ele se levantou e pôs a mão em seus ombros para que ela se abaixasse. Ela desceu lentamente, deixando ele louco com aqueles segundos que pareciam horas. Então de cima, ele via sua nudez bela e embriagante. Abaixou a samba-canção que estava usando, e pôde ver aqueles lindos lábios em outra parte de seu corpo.

Paula se embaraçou no começo, mas acabou fazendo coisas maravilhosas. Parecia que já estava muito acostumada com aquilo, e brincava com a glande do parceiro. Ela notou que logo ele iria ejacular e começou a acariciá-lo e empurrá-lo para trás. Rael insistiu, e colocou novamente em sua boca. Paula o empurrou outra vez, olhou em seus olhos e disse:

— Você não entendeu que é não?

Ele falou baixinho:

— Desculpe.

Rael, olhando também em seus olhos, a guiou e sussurrou em seu ouvido:

— Vira de costas, amor.

Colocou então o membro ainda úmido em sua vagina, que transbordava em descomunal calor e umidade. Ela sentiu que ele era inexperiente na penetração, mas tolerou. Ele a penetrava com imenso gosto, puxando seu cabelo, mas sem pôr força, beijando sua nuca.

Ela sentiu algo que identificou como um orgasmo, e ele, após alguns minutos, retirou o pênis e o sacudiu: o líquido branco se espalhou pelas costas de Paula. Os dois estavam exaustos, e Rael buscou uma toalha no banheiro, então se secaram, se arrumaram, e ele a levou até a porta de sua casa.

Durante o caminho não disseram nenhuma palavra, mas andaram abraçados. Rael não estava temeroso, pois passara das duas horas da manhã e não havia ninguém na rua. Antes de Paula entrar em casa, eles ainda se beijaram longamente, Rael começou a acariciá-la outra vez e ela percebeu que não daria para se controlar, o empurrou dizendo baixo que se continuasse a agir assim alguém iria notar, alguém poderia ver, e isso poderia dar uma confusão dos diabos. Ele concordou e mesmo sem querer se afastou e ficou esperando ela entrar. Pensava em como podia ter acontecido uma loucura daquelas: ela era fantástica, linda, cheirosa e muito gostosa, e ele era um filho da puta por ter feito isso com o melhor amigo. Mas, por outro lado, pensava: "Dane-se, o Matcherros cata um monte de mina por aí. O que ele quer? Ser o dono do mundo?". Entrou, tomou um banho e foi dormir, estava muito cansado e tinha que trabalhar no dia seguinte.

Levantou-se e olhou no relógio, já eram onze horas da manhã e o sol estava de rachar.

— Meu Deus do céu, eu tô ferrado, já perdi metade do dia de trampo! — exclamou desesperado. Começou a se arrumar rapidamente, sua mãe entrou trazendo os pães e lhe perguntou:

— Você vai sair, filho?

— Claro, mãe. Por que você não me acordou, hein?

— Não esqueci, filho, mas eu não sabia que você ia trabalhar no sábado também.

— O quê? Hoje é sábado? Que merda, mãe, e eu tô pensando que é sexta-feira, droga. Eu nem tinha que ter levantado, vou dormir de novo.

— Primeiro toma café, filho.

— Tá certo, mãe. Puxa, eu pensei que era sexta mesmo! Acordei todo abalado.

Rael tomou café, mas não se deitou. Decidiu que iria até a casa de seu grande amigo, que por essas horas já devia estar acordado. Apesar de tudo, tinha que manter as aparências com ele, que não sabia nem suspeitava da traição de sua namorada. Mas, se descobrisse, o que diria? Traição já é traição no pensamento, então Matcherros já tinha sido traído havia muito tempo.

12

— Cê tá ligado, ele não quer mais saber de dor, da precisão, da fome, da porra da noia. Cê tá ligado? Ele só quer adentrar a terra, parar de sofrer, mano.
— Mas, Burgos, num dá dessa, mano, ele é seu irmão, como você vai subir seu irmão?
— Que se foda! Ele é meu mano de criação, e o filho da puta vai morrer de qualquer jeito, China.
— Mas ele pode tomá aquele bagulho lá, aquele tal de azt.
— Que nada, num vou ficar vendo ele se acabar assim, o vírus tá comendo ele, e hoje ele vai subir.

Burgos estava ao seu lado já fazia alguns minutos, tomaram algumas cervejas e depois combinaram de fumar um baseado lá no pátio do José Olímpio. Apesar de ser seu irmão, ele nunca tinha sido tão bem tratado assim por Burgos, e quando acenderam o baseado ele perguntou o que tava pegando. Burgos respondeu que ele iria subir, porque tava com o vírus da aids. Ele tremeu e quase derrubou o bagulho, mas pensou se tratar de uma brincadeira e disse que o vírus ainda não havia se manifestado, e talvez nem chegasse a se manifestar, afinal a medicina estava avançando a cada dia. Burgos nada respondeu, puxou uma pistola italiana Beretta calibre 22-lr da cintura e mandou ele dar o último trago de sua vida. Ele fumou, jogou a ponta no chão e caiu na quadra com um único tiro no meio da testa. Burgos disparou somente uma vez, mas não foi pra economizar bala, foi para, no caso de alguma caguetagem, poder alegar legítima defesa. Colocou a pistola de volta na cintura, pegou a pontinha no chão, voltou a acendê-la e saiu fumando pela favela.

Na pizzaria, cerveja era água. Ratinho, Jacaré e Ceará haviam assaltado uma loja de conveniência em Moema e estavam bancando tudo. Geóvas, Pássaro, Zé do Carmo, Kim, Jura e outros manos tavam só na serra, a noite estava garantida.

Na boca, China comprava umas buchas para ele fumar com Ratinho, Naná e Mixaria.

Marquinhos havia acabado de chegar, tinha vendido quase toda a carga de algodão e, apesar de estar a fim de beber umas cervejas geladas, não iria à pizzaria por causa de sua mina, que o esperava em casa para uma longa noitada de amor.

— Não acredito, seu Lucas, o vagabundo ainda tá dormindo mesmo? É incrível, já é quase uma hora! Num sei não, mas acho que não vou voltar aqui hoje, o senhor manda um aviso, fala que eu tive aqui e...
— E aí, Rael! Beleza?
— Ah, só podia ser esse carudo mesmo. E aí, Cebola, tudo bem? Eu tô tentando falar com o Matcherros, mas tá embaçado.
— Ele chegou tarde ontem, mano, e tão cedo não vai acordar. A mina dele já passou aqui, esperou um pouco e foi embora, e o pior é que os cachorros tão morrendo de fome; a Laika já mordeu o focinho do Spike só por um pedaço de pão seco que eu joguei.
— Você tá que nem o Nandinho, com essa mania de falar que tudo tá seco. Mas tá foda pra encontrar esse mano acordado... Faz o seguinte: depois cola lá, Cebola, pra gente trocá uma ideia; tô saindo fora, avisa pra ele que eu tive aqui. — Tchau, seu Lucas, já tô indo, um abraço.

Rael se retirou, mas ficou muito pensativo com as palavras de Cebola. Será que Paula tinha ido lá para contar alguma coisa? O que tinha acontecido estava além de sua imaginação, mas agora ele sabia da dificuldade de controlar a situação. Seu jogo de cintura teria que ser posto em prática a todo instante. Decidiu parar de pensar no assunto e foi direto pra casa. Entrou no seu quartinho, pegou seu livro de bolso e começou a ler.

A poucos metros dali, seu amigo Testa sentia o frio do aço quando este penetrou sua boca, sua língua se contraiu e seus dentes bateram com força no cilindro da morte. Burgos segurou o cano firmemente na boca de Testa e lhe fez elogios com demasiado ar de superioridade. Suas palavras não alcançavam o pequeno menino viciado em pedra e pichador nas horas vagas, pequeno devedor, muito pequeno para tão grande dívida. A lei na quebrada não é a quantia, mas sim o respeito, que deve acima de tudo prevalecer.

Burgos arrancou depressa o cano de sua boca, e o garoto gritou quando sentiu que ainda estava vivo; os espaços em sua boca ficaram vagos, os dentes tinham sido arrancados pelo cano do revólver. Ele tentou pedir socorro, mas sua boca pronunciou palavras estranhas. Não que isso fizesse diferença quanto a alguém o ajudar. Então ele desistiu, pois sabia que nada iria fazê-lo sentir mais dor do que a abstinência da droga. Ele se entregou e aceitou a morte como se aceitasse um grande presente.

Em seus pensamentos, as palavras finais de Burgos não contavam. Ele viu lindas paisagens, estava viajando, mas foi ruim o ar que entrou em sua boca quando o primeiro tiro foi efetuado. "Deus! Como é ruim, não dói", pensou o menino. O ar simplesmente entrou pelo furo e provocou um frio insuportável. Foram dois tiros, e então três. Mas o frio impedia seu raciocínio, e ele viu um médico; sua mãe o pegou no colo e beijou sua testa, seu pai lhe deu um caminhãozinho no Natal, seus amigos lhe fizeram uma linda festa surpresa, sua primeira namorada foi a Regina, filha da dona Dulce, seu amigo lhe deu um CD do GOG de presente e ele escutou: "Um corpo estendido no meio da rua, somente Deus por testemunha". Testa se arrepiou todo. Mixaria lhe vendeu seu primeiro cano, uma pistola GP-35 Browning, um tesão de arma, fabricada na Bélgica, e foi também Mixaria que o convidou a cometer seu primeiro assalto; seu avô o adorava e não acreditava naqueles boatos; sua avó ainda tinha na sala seu retrato; sua coleção de moedas antigas continuava guardada; ele não viu o rosto de seu irmão quando soube da conta bancária que ele havia aberto para ele, não viu a cara dos vizinhos quando chegou do serviço de gravata e de celular, com certeza disseram "que nego enjoado". Mas não viu, não viu.

13

Burgos subiu pela Sabin, desceu pelo Fundão, entrou no primeiro bar que encontrou e comprou uma Coca-Cola. Desceu a Sabin por outra rua, saiu na avenida nova, andou em direção ao supermercado Sé, mas, antes de chegar lá, entrou numa viela, dobrou outra, subiu mais uma rua e saiu no barraco do finado Azeitona, que agora pertencia ao Turcão, ex-policial que comandava o tráfico na área. Turcão abriu a porta; estava com um litro de conhaque na mão e uma pistola na cinta, como sempre. Ele o mandou entrar. Burgos entrou, cumprimentou uns malas encostados na parede e disse:

— Tá tudo pela órdi!

Turcão fingiu não entender o esclarecimento e perguntou:
— Pela órdi o quê, cumpádi?
— Ah! Num vem com essa não, maluco, sem gozação, a parada tá feita.

Turcão não expressou nenhuma reação, mas depois de alguns segundos soltou uma grande risada e foi acompanhado em coro pelos malas, até que mandou todo mundo calar a boca e falou olhando diretamente para Burgos:

— Tô ligado, num fica abalado não, maluco, a parada tá ali. Com esse serviço que você realizou e a parada que você me deu, completou o pagamento, é só pegar a sacola e conferir.

Burgos entrou no banheiro e saiu de lá com a sacola, abrindo-a em frente aos malas e conferindo a mercadoria em voz alta:

— Revólver calibre 38, cano de duas polegadas, revólver 19 calibre 357, Magnum em aço inoxidável, cano de duas polegadas... Mas tá faltando a espingarda.

Turcão o fitou e disse que a espingarda que ele pediu era de caça e que os malucos da civil não tinham, por isso ele havia arrumado algo pra substituir.

Burgos balançou a cabeça concordando e perguntou o que era; Turcão abriu a gaveta do armário e colocou três granadas em cima da mesa; Burgos primeiro se assustou, mas ponderou seu temperamento arisco e perguntou em voz baixa:
— Mas em que porra de lugar que eu vou usar isso?
Turcão respondeu também em voz baixa:
— Cê num vai fazer um banco, porra?! Então, é só jogá uma quando você saí dele com o dinheiro que os homi vão pensá duas vezes antes de persegui vocês.

Burgos não gostou muito da ideia, mas viu que os malas estavam de pé, e de repente tudo aquilo estava parecendo uma trairagem. Pegou as granadas rapidamente, colocou duas na bolsa e ficou com uma na mão. Turcão estranhou aquilo e perguntou o porquê do medo. Burgos respondeu que não conhecia os malucos e que se fosse trairagem tudo iria pelos ares. Turcão deu uma longa risada e falou pra ele ficar à pampa, pois os malucos que tavam ali eram tudo polícia lá de Heliópolis, e que tavam ali acertando uma parada de pó. Burgos não hesitou e saiu depressa do barraco, com a granada na mão e a maldade no pensamento.

Logo pela manhã, o comentário era geral: quatro tiros no rosto e dois no peito. Todos já sabiam quem era o autor, o mesmo que matara dona Maria Bolonhesa e seus dois filhos, o mesmo que matara Taboinha, o mesmo que matara seu próprio irmão. Rael se sentiu muito abalado com a notícia, mas já previa aquela situação. Ele já sabia que isso ia acontecer mais cedo ou mais tarde. Testa era seu amigo desde sua mudança para o Jardim Comercial, mas, como muitos, se desvirtuou, e tudo se resumiu a um ato, uma curiosidade: um traguinho e a autoestima escorreu pelo esgoto. Ele já sabia o futuro do seu pequeno amigo, mas o Testa não escutava os conselhos de ninguém, odiava a comparação com os primos e as constantes opiniões dos parentes: "Põe ele no Senai, paga computação!"; "Sabe, dona Tereza, o que dá futuro pra esses moleques, hoje, é desenho e digitação".

Rael não conseguia parar de pensar no ocorrido e sabia que explicar não era fácil. O que aconteceu realmente só quem já sentiu o gosto do crack pra saber. Rael já havia experimentado e sabia que só pelo gostinho, só por aquele momento de felicidade, o pequeno Testa faria tudo de novo. Havia em sua cabeça a certeza de que certas drogas nunca deveriam ser experimentadas, e o exemplo estava ali. O álcool sempre lhe fora imposto: "Meu filho é macho, cês tão duvidando? Ele não é maricas não, olha só, o bichinho até bebe cerveja com o pai, né não, filhão?". E Rael sabia que para se iniciar no vício nem precisava de muito esforço. O álcool vinha como uma herança genética, era uma dádiva passada de pai pra filho, de filho pra filho, e assim se iam famílias inteiras condicionadas ao mesmo barraco; padrão de vida inteiramente estipulado. As correntes foram trocadas pelos aparelhos de televisão. A prisão foi completada pelo salário que todos recebem, sem o qual não podem ficar de jeito nenhum, já que todos têm que comer.

Rael só parou com seus pensamentos quando topou com Cebola, que disse que estava indo para sua casa. Os dois rumaram para o fim da rua e decidiram ficar vendo os moleques jogarem bola na quadra do José Olímpio. A identificação dos times, como sempre, era com camisas contra sem camisas, e a pancadaria rolava solta. Muitos que estavam ali vendo o jogo nem gostavam de futebol, só iam pra ver as brigas ou então pra fumar um baseado com os vencedores no fim do jogo. Permaneceram lá por alguns minutos, mas, como não gostavam de ficar muito à vista com os caras que fumavam um, evitando comentários da vizinhança, que era em sua maioria interessada na vida alheia, Rael convidou o amigo para tomar um café em sua casa.

— Oba! Um café seco pego no pântano é com nóis mesmo — brincou Cebola, imitando seu irmão Nandinho, e friccionou as mãos em sinal de agradecimento pelo convite. Rael sabia o porquê da brincadeira do amigo, afinal ninguém conseguia tomar o café da casa do Cebola. Era um café muito aguado. Café de homem não presta, e na maioria das vezes era seu tio, o Carimbê, que fazia.

14

Jacaré corre, se espreita rapidamente entre as apertadas trilhas com laterais rústicas, de madeira, um verdadeiro labirinto. Pregos não totalmente pregados às tábuas recolhidas na feira para montar barracos rasgam sua pele. Mas o ar frio da noite e o calor da fuga não o fazem sentir grande dor. Ele corre para salvar sua vida, eles o perseguem; não sabe quem são, nem quantos, mas sabe que o querem. Motivo? Enquanto corre, sua vida passa em trechos velozes no confuso universo da sua mente, passam rápido as lembranças, até chegar a essa noite. Badalações, sorrisos, muita bebida, uns baseados. É uma festa: ele, meio doido, esbarra num homem, no homem errado. Ele grita. Em meio às tábuas por cima das quais acabara de passar havia um prego, e agora ele está fincado no seu pé. Mesmo assim, Jacaré sabe que não pode parar. Quer chegar em casa, quer dar um beijo em sua mãe, quer vê-la pela última vez, quer ao menos pedir perdão. Não devia ter saído, ainda mais sozinho e desarmado... Seus pensamentos agora se confundem, já está cansado e descuidado. Cai em uma fossa, seu corpo afunda, o cheiro de podridão o faz vomitar, seu vômito se mescla à água suja que ele tenta não engolir no desespero. Seus perseguidores estão se aproximando. Ele permanece com a cabeça dentro da fossa até eles passarem. Os passos se distanciam, Jacaré já se sente aliviado; sai de lá enojado, mas com um leve sorriso no canto da boca. Ele se depara com um cano escuro, pode até jurar que é uma pistola. Ela está posicionada na altura do seu estômago, e Jacaré ouve o eco da bala lá dentro, dentro de si. Ele vê um menino, doze ou treze anos no máximo, mas não reconhece o pivete: não era ele na hora do desentendimento na festa. O menino resmunga algo. Jacaré está quase congelando, mas entende as palavras de seu executor:

— Lembra da mina que tu matou na batida, sangue?

— Narigaz, Narigaz! Escuta, meu.
— Ahn... Eu tô ouvindo, sim, é que eu tava pensando num bagulho aqui... Mas aí, o mano que morreu era truta seu, Matcherros?
— Que nada, era um corintiano! Sabe, era sossegado... Bem, pelo menos parecia, né? Sempre andava de agasalho e jogava bola todo sábado lá no campão, tinha até um time que ele mesmo montou. Todo mundo estranhou quando viram ele morto, todo sujo de merda, sabe? Ninguém entendeu o que aconteceu, mas a Déia, aquela tiazinha lá da rua Doze, disse que ele estava com uma treta com os caras lá da Cohab. Eu duvido, porque tudo que sai da boca daquela víbora é fofoca. Bom, mas de qualquer jeito, ele já tinha errado com aquela batida, tá ligado?
— Tô sim, ele tava bem louco, e passou na contramão, não foi?
— É, foi essas fita aí mesmo.
— É foda mesmo, no final todo mundo que morre neste fim de mundo é classificado como a mesma coisa. Por isso que eu falo, truta, eu quero continuar a estudar, e se Deus permitir, mano, eu quero ter um futuro melhor. E o pior é que, se você olhar bem, vai notar que, de todos os trutas, só um ou dois patrícios tão querendo algo. Por exemplo, você... Você tá vacilando, Matcherros, tem que se ligá, mano.
— Aí, Narigaz, vai atrás do seu, maluco, que o meu tá garantido.
— Tá, eu tô vendo. Sua vaga tá lá no São Luís te esperando... Fica fazendo essas fita errada aí, que você vai ver.
— Aí, nem meu pai fala isso pra mim, truta, cuida do seu.
Narigaz viu que o amigo ficou nervoso e resolveu continuar seu pensamento, citando outros amigos.
— Tá certo... Cê vê, o Alaor tá na correria, o Panetone e o Amaral também tão dando mó trampo, mas o resto, mano, na moral, tão vacilando. Eles tinham que ouvir as ideias do Thaí-

de, tá ligado? "Sou pobre, mas não sou fracassado." Falta algo pra esses mano, sei lá, preparo; eles têm que se ligá, porque se você for notar, tudo tá evoluindo e os chegado tão lá no mesmo, e não tô dizendo isso porque sou melhor, não. Cê tá ligado que comigo isso não existe, mas na moral, cara, esses aí vão ser engolidos pelo sistema; enquanto eles dormem até meio-dia e fica rebolando nos salão até de manhã, os playbas tão estudando, evoluindo, fazendo cursinho de tudo que é coisa.

— Que nada, Narigaz, a real é que nem o pastor falou, que esse lugar é amaldiçoado mesmo. Cê num viu que ele explicou que o nome Capão vem de terreiro e que foi dado a este lugar porque aqui era só árvore e os macumbeiros vinham fazer trabalho aqui? Com o passar do tempo as maldades do lugar foi aumentando, e Redondo é por causa do estilo redondo do bairro; ele até disse que os espíritos fica andando e atazanando a cabeça do pessoal.

— Que porra de história da carochinha é essa, truta?! Você acredita naquele pastor... Cê num viu o escândalo que teve na porta da igreja dele, não? Tinha uma mulher falando que ele matou a irmã dela lá na Paraíba, e que aqui queria dar uma de pastor.

— Ah! Às vezes é mentira da vadia.

— Deixa pra lá, vou continuar com a ideia. Então, se liga, os playbas têm mais oportunidade, mas, na minha visão, temos que virar o jogo com o que temos, tá ligado? Temos que destruir os filhos da puta com o que a gente tem de melhor, o nosso dom, mano. O Duda e o Devair pintam pra caralho, o Alaor e o Alce fazem um rap bem cabuloso, o Amaral e o Panetone jogam uma bola do caramba. Você, Matcherros, desenha até umas hora, mas tão aí tudo vacilando, cês têm que se aplicá. Uns tentam, outros desistem fácil demais, e o que tá acontecendo é que o tempo passa, tá ligado, e ninguém sai dessa porra. Mas vai lá trocá uma ideia cinco minuto e você vai ouvir reclamação até umas hora. Tá tudo ruim, cara, o mano agora é pai de um bebê, o pai do outro fugiu com uma vaca, o pai de sicrano é tão filho da puta que tão dizendo até que é bicha, e daí pra pior. Mostra aqui, quem tem o dom de ler um livro, quem aqui você viu dizendo que tá tentando melhorar, que tá estudando em casa, que tá se aplicando? Ninguém, mano, porque pra sair no final de semana e beber todo mundo sai; mas pra estudar, aí é embaçado, e o futuro fica mais pra frente, bem mais pra frente daqui.

— É, mano, cê tá certo, tirando um ou outro, a maioria tá foda mesmo, e depois a vida cobra o preço. Pode ter certeza, Narigaz, se você parar pra pensar mesmo, você fica louco, por isso nem adianta mais falá. Você fala, fala, e no final o cheio de querer é você. Mas é como você disse, o futuro fica mais pra frente, bem mais pra frente. Não é culpa do lugar, é da mente; e o futuro dos boy tá mais perto de acontecer do que o nosso.

— É isso mesmo que eu quis dizer, mas já falei pra caralho, né, mano? Vamo comer um pão aí e vamo lá na casa do Panetone.

— Eu também preciso falar com ele, quero pegar o coturno emprestado. Será que ele vai usar hoje?

— Talvez. Mas ele comprou um tênis esses dias, e tá cheio de querer. É um Adidas azul, tá ligado?

— Ah, já sei, é um baixinho, né? Bem rasinho, tipo de salão, eu acho da hora aquele tênis, o Amaral tem um vermelho.

— É aquele mesmo; agora termina de tomar esse café logo. Cê quer mais um pão?

— Não, não, eu tô à pampa.

Após alguns minutos, foram para a casa do Panetone. Matcherros ainda estava com o último pedaço de pão na boca, mas Narigaz já tinha comido o pão por inteiro, não perdia tempo quando se tratava de comida. Esse é o costume de quem tem uma infância turbulenta, ainda por cima contando com mais três irmãs na concorrência da mesa. Chegaram à casa do Panetone, ele não estava. Então Matcherros convidou Narigaz para irem à sua casa; andaram mais cem metros e chegaram. Seu Lucas estava tomando sol, sentado num banquinho feito de um caixote de feira. Os dois não precisaram nem tomar a iniciativa de cumprimentá-lo, pois ele tomou a frente, agredindo Matcherros:

— Você é engraçado pra caralho, quer ter essas porra de cachorro mas acha que eles num caga. O quintal tá todo fodido, cheio de mosca.

Matcherros nem esperou Narigaz entrar direito e já foi respondendo em voz alta para seu pai:

— Que se foda, essas porra de coelho é que atrai mosca e fede pra caralho.

Seu pai deu um passo à frente e, encarando-o, pediu que ele repetisse o que tinha dito.

Matcherros não duvidou da reação de seu pai e abaixou a cabeça, indo em direção à cozinha. Chegando lá, pegou a chaleira, colocou um pouco de café fraco e frio no copo e bebeu. Até aquele momento, ele não havia notado a presença de seu tio, que se encontrava deitado sem camisa, com uma aparência horrível; enrugado, com os lábios secos e os olhos vermelhos; careca, com alguns fiapos de cabelo somente na nuca, com a calça e a bota sujas de lama e mijo. Notou ainda catarro no travesseiro, viu a dentadura dentro do copo com água, o cigarro ainda aceso e pela metade no chão, o cinzeiro sujo, um copo de café sujo. Tudo era sujeira à sua volta. Sua respiração era lenta e forte, seu olhar concentrado no teto, estava bêbado novamente. Narigaz também reparou no aspecto horripilante daquele bebum com apelido de jogador de futebol estrangeiro. Ambos se retiraram da cozinha e Carimbê ficou lá, parado, pronunciando palavras incompreensíveis para outro ser. Talvez lembrando de um acontecimento passado.

15

Trabalhando em uma construção está Carimbê, "a vida não é fácil, estude, meu fio", foi o que seu pai lhe disse a vida inteira, mas ele só foi sentir falta do estudo quando saiu de sua cidade e começou a procurar emprego no Rio de Janeiro. Encontrou um emprego temporário, que oferece alojamento, comida e um escasso salário mensal. Lá está ele, de segunda a sábado, levantando vigas, misturando concreto, trazendo tijolos, rebocando paredes, azulejando banheiros, aplicando massa, enfim, tudo que um ajudante de pedreiro faz.

E finalmente é domingo, o colega de alojamento o convida para juntos tomarem umas cachaças, pois é o dia de folga dos dois e podem se dar ao luxo de beber e escapar da porcaria da monotonia.

Carimbê não demora a concordar e em poucos minutos chegam a um forrobodó, como são chamadas as festas que só tocam forró. Seu amigo logo arruma uma parceira para dançar e Carimbê se atraca com uma fubanga superconcorrida; os dois começam a dançar se esbarrando a todo momento com os outros dançarinos no pequeno bar, que está completamente lotado. Quem já frequentou esses ambientes sabe que eles têm uma madeira, um compensado na parte da frente para impedir que as pessoas que passam na rua vejam as pessoas que frequentam o bar; afinal, tem muito homem casado lá dentro. Carimbê só para com o arrasta-pé para beber uma quentinha, e já está rodando no salão que nem louco. Lá fora a parada é outra, chamaram a polícia por causa do barulho do bar, a polícia chegou rapidamente e o sargento foi entrando. Quando passa da entrada, Carimbê vem rodando agarrado à sua fubanga e o choque é imediato, o sargento cai de cara no chão, todo mundo para. A música é interrompida, os policiais que vêm logo atrás o levantam logo. Carimbê tenta entrar no meio da multidão, mas o pessoal se afasta dele como quem se afasta da morte, e todos apontam para ele e sua fubanga quando o sargento pergunta, furioso:

— Quem foi o grande filho da puta que me derrubou?

Carimbê se aproxima ainda agarrado a ela e tenta dizer que foi sem querer, que ele simplesmente estava dançando e que... Mas não dá tempo nem de pronunciar a palavra seguinte, já leva um tapão na cara; sua companheira tenta falar que a culpa era só dela e também leva um sopapo na orelha. Os dois ficam cabisbaixos e não tentam esboçar mais nenhuma reação, e o sargento ordena que todos vão embora, pois a festa havia terminado. Ordena também que o dono do bar feche o local e se retira com a arrogância de sempre.

Carimbê e sua companheira vão para o bar do lado e, entre comentários de indignação e copos de cachaça, saem completamente embriagados, só conseguem chegar ao alojamento pois um se apoia no outro durante todo o percurso. Ela entra e cai na cama como uma rocha, enquanto ele se dirige com muita dificuldade para o banheiro, que fica a poucos metros dali. Quando entra, escorrega e cai com força, quase batendo com a cabeça no vaso; tenta levantar, mas o chão está escorregadio demais, e ele não consegue identificar se é vômito, urina ou sabão o que o fez cair, então começa a adormecer lentamente pois a batida de maracujá faz efeito.

Zé Márcio, que é mestre de obras e responsável pelos serviços ali realizados, entra no banheiro para tirar água do joelho e se assusta quando vê seu funcionário naquela situação, mas puxa o pênis pra fora e não demora a mijar no ajudante de pedreiro. Sem nenhum remorso, fecha a braguilha e sai.

Elias Mineiro vai até o alojamento de Carimbê pra ver se ele tem um rádio para emprestar, pois não estava conseguindo dormir. Bate na porta, sente que ela está sem o trinco, entra e vê uma dona muito gostosa na cama, se acomoda ao seu lado e tenta acordá-la com uns beijinhos no rosto, mas logo desiste quando nota o cheiro forte de pinga. Elias Mineiro se levanta, vai até a porta, passa o trinco e ainda pensa que talvez Carimbê só esteja no banheiro e logo volte, mas olha para a dona e resolve arriscar. Também, Carimbê era um tremendo cachaceiro, e se saísse na mão com ele levaria prejuízo na certa. Ele se aproxima da dona, arranca sua blusa e seu sutiã e chupa seus peitos rapidamente, pois sente um forte cheiro de suor. Depois retira a calça e ri quando vê que a dona está de calcinha vermelha. Ele tira seu pênis para fora, põe a calcinha vermelha de lado e introduz, faz movimentos constantes durante meia hora, a dona nem se mexe. Quando nota que está na hora de gozar, Elias Mineiro pega o pênis e o coloca perto dos lábios da bela adormecida, goza no rosto da dona, se limpa na blusa dela, abre o trinco e sai.

Segunda-feira, o sol já está surgindo, logo ao amanhecer Carimbê acorda e se vê naquela situação, sentindo um incrível e forte cheiro de urina e vômito, mas pensa que nada mais comum do que sentir aquele cheiro no local onde estava. Vai até o alojamento e a mulher que o acompanhara na noite anterior não está mais lá, nem seu rádio. Pega uma muda de roupa, um barbeador e vai tomar um banho, se troca rapidamente, corre para chegar a tempo e pegar a senha com as tarefas de cada dia. Chega para Nego Zu, o assistente que distribui a senha, e, ofegante, pede a sua. A resposta o deixa abalado:
— É que o encarregado, o Zé Márcio, pediu que não lhe entregasse a senha, e sim esse envelope de dispensa.

Carimbê pega o envelope. Ninguém ali nunca soube o quanto ele precisava daquele emprego, era tudo que tinha, sua dignidade, sua esperança, seus planos para o futuro. Abre o envelope na frente do colega Nego Zu, que não consegue fitá-lo.

Carimbê diz que falta dinheiro e Nego Zu diz que ali só tem vinte por cento do dinheiro, o restante ele terá que pegar na matriz.
— E onde inferno fica a matriz?
— Na praça da Sé, em São Paulo — responde já meio nervoso Nego Zu.

— Jesus Cristo, em São Paulo?!

Nego Zu nada responde e começa a pensar que aquele filho da puta merecia mesmo ser mandado embora.

Carimbê nota sua cara de indiferença e se retira furioso, nem se lembra de pegar suas coisas no alojamento. Vai para o bar mais próximo e torra todo o dinheiro em pinga. Cai bêbado num matagal próximo ao bar quando tenta voltar para o alojamento.

Seu sono tranquilo é interrompido por gritos e ele sente que está levando chutes na barriga.

— Levanta, pilantra, levanta!

Abrindo os olhos lentamente ele avista seu amigo sargento, amigo de tapa na cara, é claro, e diz gaguejando:

— Sabe o que é, é que eu trabalho ali e...

O sargento nem espera o fim da frase, o pega pelo colarinho e o suspende no ar como se estivesse pegando um recém-nascido.

— Tô vendo, ontem você tava tumultuando naquele boteco, hoje bebinho em plena segunda-feira, entra aí na viatura, vagabundo, que nós vamos averiguar.

A polícia o leva para o alojamento, deixam um policial olhando Carimbê e tocam para o escritório da obra, dez minutos depois voltam dizendo:

— É, o encarregado disse que você é trabalhador, e que se não bebesse seria um ótimo ajudante. Pô, cara, vê se toma vergonha na cara, fica numa dessas aí.

O outro policial lhe dá uma bolsa e diz que o encarregado colocou suas coisas ali dentro, pois o quartinho já era de outro contratado. Carimbê pega a bolsa e explica aos policiais que tinha bebido, que os palhaços donos da obra lhe deram só um pouco de dinheiro e que a grande parte seria dada em São Paulo. Os guardas o orientam para que vá à delegacia e converse com o delegado, já que ele recebe do Estado algumas passagens para casos assim.

Carimbê concorda e vai com os policiais para a delegacia, mas no caminho se recorda que tem dois irmãos em São Paulo. Chegando à delegacia, entra numa pequena sala e vai logo reparando no gordo sentado e sua imensa mesa toda bagunçada. O gordo tem uma cara de mau elemento, mas é o delegado. Não demorou muito e foi falando:

— Boa tarde, senhor, meu nome é Lavinho Gama Souza Ares Ferreira, e estou querendo...

— Já sei o que você quer, me poupe de conversa-fiada, pela sua cara não dá para pensar outra coisa, é um passe de viagem, mas a questão é: pra onde?

— Bom, os homi lá da firma marcaram o meu pagamento para a praça da Sé, em São Paulo.

— Deixa eu vê aqui... Ah, você tem sorte, sobrou um, é para as dez da noite de hoje.

Carimbê agradece e vai logo pegando a passagem, mas o delegado não a entrega e o adverte com tom de ameaça:

— Cê pensa que vai aonde? Acha que todo mundo que pede passagem a gente fornece e deixa sair assim. Você tá louco, vai ter que ficar aqui no xadrez até a hora do embarque.

Após a decepcionante notícia, Carimbê é colocado numa cela com meia dúzia de marginais, tem que esperar pianinho, e, enquanto espera, tira o relógio e o anel e faz uma pequena doação espontânea.

Lá pelas oito horas os policiais o retiram da cela e o escoltam até o ônibus, onde Carimbê embarca para São Paulo. Decide não agradecer pela ajuda quando vê o seu querido relógio no pulso de um dos policiais.

A viagem é normal, quatro pessoas da mesma família vomitam, um homem desce no meio do caminho, um menino faz as necessidades nas calças, pois o banheiro está ocupado com um casal recém-casado, muito frango com farofa, muita cerveja em lata, muita conversa.

Finalmente, o ônibus chega à rodoviária. Carimbê desce, muitas pessoas andando para todos os lados, os avisos sonoros advertem que não se deve confiar em ninguém, não comprar ouro na porta, não comprar relógio, nem fazer qualquer negociação suspeita. Carimbê anda por mais de uma hora na maldita rodoviária para achar a saída, quando a encontra se dirige para um carrinho de cachorro-quente e explica para a dona que não tem dinheiro e que está morrendo de fome. Consegue comer um lanche e tomar um refrigerante de graça, mas só após buscar um botijão de gás e varrer toda a calçada perto da barraca. Carimbê pede informação à dona sobre o albergue mais próximo e ela lhe indica um que fica a mais ou menos cinco quilômetros dali.

Ele anda uns quinhentos metros e avista um bar, senta e pede uma branquinha. Repete o esforço físico de levantar o copo mais uma vez e, em pouco tempo, está no estranho mundo das alucinações. Paga com algumas moedas e sai. Mais bar, mais bebida. Chega ao albergue completamente bêbado, fica duas horas na fila para pegar a senha e, quando pega, não quer saber nem do sopão, vai logo se deitando. Acorda tonto e assustado, pergunta ao rapaz ao lado pelas horas e, quando ouve sua resposta, grita:

— Meu Deus, nove da manhã, tenho que ir!

Carimbê procura sua bolsa e não encontra. Pergunta ao funcionário do albergue se não o tinham roubado enquanto dormia, e o homem responde de maneira agressiva, esclarecendo que ele chegou ao albergue de mãos vazias.

Na bolsa verde tinha três calças, quatro camisas, um par de chinelos, um serrote, uma colher de pedreiro, um martelo, uma foto de Carimbê e sua esposa numa linda praça de Belo Horizonte e um maço do cigarro Campeão, que era um produto do Paraguai. Carimbê ingere uma sopa rala de legumes, empurra um mendigo que está à sua frente, chuta uma lata de lixo, tropeça numa cadeira, grita "diabos!", pega o bilhete do metrô que os diretores do albergue fornecem gratuitamente e parte para a rodoviária, só que antes precisa achar a praça da Sé. Avista um senhor que vende bilhetes e se dirige a ele, mas, antes de perguntar, o vendedor lhe grita furioso:

— Se for pra perguntar, pode ir saindo fora, eu num sei onde fica porra nenhuma!

Carimbê não consegue argumentar nada, engole em seco e sai rapidamente de perto do vendedor. Mais à frente pede informação a um guarda, que lhe dá a orientação correta. Carimbê se retira com a informação na cabeça e com o pensamento de que aquele azulzinho comedor de coxinha até que servia para alguma coisa.

Em poucos minutos está na praça da Sé e acha o prédio com facilidade; sobe pelas escadas, está com muita pressa pra esperar o elevador. Entra na salinha que o número em seu papel indica, retira o dinheiro com uma velha gorda de cabelo todo ensebado. "Meu Deus, parece gordura o que ela usa no cabelo", pensa ele. Não vai para a rodoviária. Sai rapidamente do prédio e vai para a praça da Bandeira pegar o Valo Velho, é lá que mora sua irmã. Enquanto aguarda o ônibus, passa a mão no bilhete que pegou no albergue, não iria usá-lo no metrô, não senhor, ia tomar de pinga mais tarde, isso sim, pensou confiante. Não demora muito e o ônibus chega, ele entra e senta rapidamente, pois a fila está imensa. Carimbê estranha quando nota que há muitas pessoas em pé e que ninguém se senta ao seu lado, mas deixa de estranhar quando olha para seus sapatos e vê o vômito que está em abundância no chão: pedaços de macarrão, cenoura, batatas, tudo coberto com vinho seco. Levanta-se rapidamente, vai a viagem inteira de pé, desce dois pontos antes pois tem que gastar o dinheiro que estava coçando em seu bolso como sarna. Não dá outra: entre goladas e novos amigos que não demoram a aparecer, bebe todo o dinheiro que tem, ruma para a casa de sua irmã entre tropeços e quedas, chega após algumas horas. A casa está toda escura, todas as luzes apagadas; pergunta pelas horas para um senhor que passa e este lhe informa que são mais de dez horas da noite. Carimbê fica puto e nem agradece ao senhor, que por sua vez desce reclamando da falta de educação dos incrédulos e dizendo que só Deus salva. Ele já está decidido a dormir na rua, talvez embaixo de uma mesa de sinuca, já que não quer causar incômodo logo no primeiro dia. Quando está escolhendo um lugar protegido, avista uma Kombi, que devia ser do seu cunhado, pois quando olha pelo vidro vê várias caixas de frutas lá dentro; sabia que seu cunhado trabalhava na feira. Carimbê tenta abrir a Kombi, consegue, entra e dorme em cima das caixas de bananas.

Já são sete horas da manhã e Carimbê acorda assustado quando ouve algo:

— Essa bosta virou hotel de cachorro agora?

Vê que é seu cunhado e responde envergonhado:

— Oi, é que... É que eu cheguei tarde e não quis incomodar, sabe, né, acordar vocês e...

— Tá bom, foi bom mesmo não me acordar, senão ia ter. Mas, já que você tá aqui, daqui a pouco vai chegar um caminhão de pedra. Eu vou encher essa laje e fazer o piso da casa inteira logo mais. Quando chegar, coloca a pedra no quintal e começa a preparar as vigas. Mas antes vai tomar café, vai.

O cunhado liga a perua e sai em disparada. Carimbê fica com vontade de mandá-lo tomar no cu, mas precisava ficar ali. Sua irmã se aproxima e, reparando nele de cima a baixo, diz:

— Ah, agora eu vi tudo, já veio me encher o saco, né? Droga! Por que não ficou em Minas, vagabundo? Num precisa responder, daqui a pouco vai chegar material aqui em casa, vem tomar café e depois pode pôr um calção pra trabalhar.

Carimbê entra, toma café rapidamente, come um pão com mortadela sob o olhar aniquilador de sua irmã e sai. Serra um cigarro dum tiozinho. Senta na calçada, acende o cigarro, pensa pela primeira vez no que se transformou sua vida e começa a rir quando avista o caminhão do depósito, mas para rapidamente sua histérica risada quando percebe que sua vida, no total, não passa de uma grande decepção.

PARTE IV

16

Capachão chegou em casa, estava cansado. Tinha treinado o dia inteiro na academia militar e entrou num ônibus lotado; só pensava em dormir.

Foi até sua cômoda, pegou o disco *Raio X Brasil* dos Racionais mc's e colocou na vitrola antiga, que foi a única coisa que sua mãe deixou antes de abandoná-lo. Quando a música começou, não notou, mas se apoiou no compensado instável que era sua parede e recordou seu pai. A tristeza tomou conta do seu ser naquele momento, e ele dizia bem baixinho, enquanto fechava os olhos: "Que saudade, pai, que saudade".

Burgos estava descendo a rua; ultimamente dera para andar com uma bolsa de raquete de tênis a tiracolo. Todos estranhavam, pois nunca o tinham visto praticar nenhum tipo de esporte. Desde pequeno, só sabiam que ele fazia suas correrias, roubava doce de um mercado, manga da feira. Vira e mexe apanhava que nem um condenado por pequenos furtos. Estava andando no meio da rua distraído, pensativo. Os vizinhos, quando o viam, entravam em suas casas, fechavam as janelas, pois sabiam que Burgos agora era sangue no olho, um cara sem limites. Havia comentários de que ele tinha roubado quatro postos de gasolina num único dia e que suas armas já eram suficientes para fazer uma guerra.

Capachão acordou lá pelas três da manhã. Não conseguia dormir. Seus pensamentos voltaram, e agora lembrava dos amigos, aqueles que estavam todo o tempo com ele, nos momentos mais difíceis: Cebola, Alaor, Narigaz, Amaral, Rael, Panetone; era pega-pega, esconde-esconde, pião, estrear nova cela, bolinha. Entre aquelas brincadeiras surgiam os apelidos. O Cebola tinha um corte de cabelo igual ao de um frei, seu cabelo era todo redondinho. Panetone era magro, com o rosto todo marcado por espinhas mal espremidas, tinha o cabelo encaracolado, e sua cor se parecia com o papel que embrulha o panetone. Amaral, apesar de ser paulista, tinha um jeitão bem nordestino, tinha o olho um pouco torto, e a comparação com o jogador não demorou a lhe render o apelido. Notando o que a realidade fez a todos eles, Capachão não se conteve, e uma água sentimental desceu dos seus olhos. Ele chorou, abaixou a cabeça e tentou voltar a dormir.

Rael rezou, tentou despistar. Sua mãe entrou, ela notou, vendo suas mãos postas. A mãe sabia no que ele pensava, as mães sempre sabem. Ela foi para o quarto se queixando de uma dor terrível nos ossos, Rael pediu bênção, ela o abençoou e foi se deitar; ele continuou rezando e pedindo que pudesse ficar com Paula eternamente.

Cebola ligou o rádio, apagou a luz e pediu a Deus que protegesse os seus familiares e seus amigos; continuou ouvindo o som, e por dentro um sentimento o dominou e ele chorou, pois sabia que a realidade é muito triste, mas ela existe. E não se pode viver num mundo de ilusões, onde atores interpretam coisas impossíveis. Para pessoas como eles, na situação em que vivem, só lhes resta uma música, uma promessa, um compromisso, uma letra extensa e com muito conteúdo, que, não raro, é interrompida por disparos.

Burgos estava cheio até a tampa, não aguentava mais seu pai, o bastardo bebia o dia inteiro e os vizinhos zoavam o velho, chamando-o de tio Chico pra cá, tio Chico pra lá; mas o que mais o aborrecia eram as investidas dos crentes. Ele não aceitava que aquelas pessoas quisessem converter seu pobre pai. As investidas nas igrejas já tinham dado muita confusão, e Burgos só não apagava um palhaço desses porque eles eram todos tapados mesmo.

Tio Chico resolveu ceder e aceitou o convite dos crentes para ir à Sede Universal, onde acontecia a grande manifestação dos milagres. Tio Chico chegou em casa, pegou uma blusa e disse para o filho:

— Fio, o pai vai pra tal Sede, mas num esquenta não, que se os fios da puta levá uma eu desço a bota.

— Cuidado, pai, esses caras não brincam em serviço.

— Que nada, fio, são tudo comédia.

E tio Chico saiu rindo, mas posou de sério quando se encontrou com os evangélicos no ponto. Eles o abraçaram e o chamaram de "irmão", ele continuava austero e intocável apesar de seu passado totalmente humilhante. O ônibus que tinha na placa as palavras "Terminal Bandeira" logo chegou, lotado como sempre. Eles entraram e se acomodaram como puderam. Entre mulheres, bíblias, crianças, guarda-chuvas, mães de santo e jogadores de várzea, o ônibus era o fiel retrato do Brasil. Mas tio Chico não viu nada disso. Quando entrou, já encostou num cantinho e dormiu um sono pesado. Só acordou com o apelo de seus novos irmãos para descer. Rumaram rapidamente para a igreja, e tio Chico se espantou com o tamanho da Sede.

17

— EITA, PORRA! Que bicha grande.

— Psssiu, seu Chico, o senhor está na porta da casa de Deus, tenha mais respeito.

— Certo, certo, me desculpe; é que eu nunca vi uma igreja tão grande como essa.

Os irmãos o puxaram para dentro e seu espanto foi maior quando adentrou o templo: o lugar era imenso mesmo, mas o mais impressionante era a quantidade de gente que tinha ali dentro. Tio Chico, nesse momento, viu que ali não era um lugar pras suas brincadeiras e começou a levar mais a sério a atitude daquelas pessoas, que no fundo foram ajudá-lo.

Logo se colocaram a fazer orações, e todos oravam em grande harmonia. Tio Chico sentiu um grande alívio depois de alguns minutos. Começaram a cantar. O culto começou a parecer uma sessão de aeróbica; tio Chico seguia como podia, seu velho corpo já destruído parcialmente pelo álcool não aguentava o ritmo frenético de sentar e levantar que os pastores impunham.

As orações e os cânticos pararam e o pastor começou a atacar o inimigo de Deus.

— Se ele está aqui, que saia, saia! Se o demônio, o sujo, o filho de belzebu, o canalha, o porco, o inescrupuloso, o traidor, o impotente, o filisteu, o dito, o afrescalhado, o que tem chifre, o que tem rabo, o que num tem mãe, o que queima meu povo no caldeirão quente, o que vicia, o que droga os filhos dos irmãos; se essa praga tá aqui, saia!

E, enquanto o pastor pronunciava isso, tio Chico ficou assustado com tantos gritos estranhos de algumas pessoas ali. Ele abriu os olhos e viu vários pastores passando no meio deles. Os pastores procuravam algo, e tio Chico ficou apavorado e resolveu sair correndo. Foi quando um pastor parou à sua frente e disse que o demônio não podia fugir, e foi colocando a mão na cabeça de tio Chico para fazer uma oração; mas ele estava tão assustado que, quando o pastor levantou a mão, ele deu-lhe um murro bem no meio da cara. O pastor caiu, e não demorou muito a chegarem mais pastores. Tio Chico foi treinado na academia do Linão durante muitos anos e começou a gingar, gritou "salve a capoeira!", e foram um, dois, três os pastores a cair com os golpes do velho capoeirista. Nesse momento era tanta a algazarra que as pessoas que estavam na Sede nem prestavam mais atenção no culto, e sim na manifestação do maior demônio que já se vira. Foi quando o pastor gritou ao microfone:

— Pessoal, ajudem a pegá-lo e o levem para o "particular".

Tio Chico ainda tentou reagir, mas eram muitas pessoas. Uma lhe deu uma gravata e o derrubou, os outros o pegaram pelas pernas e o levaram para um quartinho, e depois o trancaram. Ficou sozinho ali uns cinco minutos e não tinha ideia do que estava pra acontecer. Foi quando a porta se abriu e entraram cinco pastores. O último fechou a porta, e tio Chico, mais calmo, se dirigiu ao primeiro e disse que estava muito nervoso e que... Mas não deu tempo de ele terminar a frase, foi logo tomando um murro na boca, enquanto o outro pastor lhe deu um sopapo na orelha, logo depois de tomar um telefone. Tio Chico não viu mais nada, a última coisa que escutou foi:

— Pode bater, irmão, pois o demônio que domina este corpo não o deixa sentir nada.

Após duas semanas, tio Chico recebeu alta. Nunca mais foi a nenhuma igreja, mas toda vez que passava em frente a uma fazia o sinal da cruz.

Burgos sabia que um dia o pai ia se dar mal com suas bebedeiras, mas nunca pensou que seria assim. Invadiu a igreja do bairro, parou o culto dando tiros pra cima e bateu no pastor até ele desmaiar, na frente dos filhos e dos irmãos.

18

AS PESSOAS VIVIAM DIZENDO que Burgos era um revoltado, mas ninguém podia dizer que ele não acreditava em Deus. É certo que matava a troco de nada, só para ver o tombo, como os vizinhos diziam; mas, depois do acontecido na igreja com seu pai, Burgos perdeu a fé. Ele sabia que sua vida não tinha muito valor e que em breve ele não seria mais o caçador, e sim a presa.

Rael estava voltando do serviço acompanhado de Paula quando cruzaram com Amaral, cumprimentaram-se meio receosos e continuaram a andar. Rael convidou Paula para entrar, ela aceitou na hora. Dona Maria ainda não havia chegado e a casa estava toda escura, então foram direto para o quarto. Rael estava totalmente louco e a agarrou por trás, colocando sua mão direita sobre a virilha de Paula, que falou baixinho:

— Agora meu vampirinho vai me possuir.

Rael a segurou pela cintura, levantou sua saia, abaixou sua calcinha quase rasgando-a e a penetrou violentamente. Ela soltou um grito, e ele, para calá-la, enfiou dois dedos em sua boca, impedindo que o som saísse em sua totalidade. Paula nem tentou gritar mais, pois sabia que o parceiro era bem severo. Rael só tirou os dedos de sua boca quando sentiu vontade de dar-lhe alguns tapas leves na cara, e não demorou muito a puxar o cabelo da companheira com a outra mão. Paula sentia calafrios e alcançou o clímax. Foi quando Rael viu que a amante estava gostando muito e que merecia um castigo, retirou seu pênis e colocou-o lentamente no ânus de Paula, que soltou um gritinho e foi empinando a bunda. Ele beijou sua nuca e falou em seu ouvido:

— Você vai gostar. Vamos devagar, amor.

Ela respondeu ofegante:

— Mas vai devagar mesmo, seu louco.

Mas Rael fingiu não escutar e fazia movimentos mais fortes. Paula sentia um pouco de dor, mas começou a ter um leve prazer. Ela aceitava o movimento do parceiro, e assim ia amenizando o desconforto. Rael sentiu que estava na hora do seu alívio do prazer e virou a parceira ao contrário. Agora Paula estava de frente para o crime. Rael apoiou o membro em seu rosto, o fez penetrar em seus lábios e sentiu os dentes de Paula lhe arranharem a glande. Rael movimentou-o lá dentro por alguns segundos e soltou toda sua ira; ela tentou recuar a cabeça, mas ele pôs as mãos em sua nuca para que ela recebesse todo o líquido morno. Só quando já não restava mais nem uma gota foi que Rael retirou-o, ela se curvou para expelir, mas ele segurou seu queixo e, levantando seu rosto, disse que ela não deveria fazer isso. Ela não insistiu no ato, levantou e deu-lhe um beijo na boca. Rael, com nojo, naquele momento percebeu que estava lidando com uma pessoa louca como ele, que era páreo para suas loucuras. Os dois se deitaram na cama e ficaram mais alguns minutos se beijando e se acariciando.

Paula estava quase chegando em casa quando avistou Matcherros em sua porta. Imaginou o namorado com um belo par de chifres, daqueles tipo viking, e soltou um leve sorriso. O namorado assimilou seu sorriso e a abraçou, dando-lhe um grande beijo. Ela o chamou para entrar, os dois conversaram longamente sobre o serviço de Paula e sobre como os dois estavam distantes, e Matcherros lhe prometeu que iria se esforçar mais para vê-la e ficar mais ao seu lado; afinal de contas, a cada dia ela estava mais linda. Paula gostou muito dos elogios do namorado traído, mas sabia muito bem o que ele queria, e insinuou uma menstruação. Matcherros ficou um pouco irritado, mas sua irritação passou quando a namorada o guiou para a sala que estava escura e o jogou no sofá. Em seguida, passou a mão em sua calça e retirou o membro de Matcherros para fora. Alguns minutos de movimentos frenéticos e ele já estava mais bem-humorado; ato contínuo, se beijaram e se despediram.

Matcherros foi para casa pensando que talvez não devesse terminar com Paula, já que ela parecia gostar mesmo dele. Ele sentia cada vez mais isso, pois, apesar de traí-la constantemente, não parava de pensar nela. "Talvez seja isso o tal do amor", pensava ele.

Domingo ensolarado, Rael acordou tarde. O dia estava em seu ápice, a feira já estava montada, era só abrir a janela e ver as mulheres passando. Pena que a maioria que em geral fazia ali suas compras semanais já trazia suas crias. Um incidente comum, infelizmente, para grande parte das garotas entre doze e dezoito anos. Ao se levantar da cama, Rael pronunciou:

— Filho aqui já virou moda, criar os pequenos inocentes é que é foda.

Quando terminou de falar com as paredes, levou um susto. Lembrou-se do convite, foi à folhinha e confirmou, era o dia da festa do Cebola, ele o avisara na semana passada. Rael foi tomar banho e se arrumar. Alguns minutos depois, já estava todo perfumado. Meio nervoso, é certo, pois a blusa que ele sempre usava estava para lavar.

Chegando à casa do Cebola, o movimento era intenso, todos já estavam bebendo. Os amigos logo gritaram seu nome, ele se aproximou e o cumprimento foi geral. Narigaz lhe perguntou de seu pai e Rael desconversou, o assunto foi desviado por Amaral, que começou a falar de futebol. Matcherros chegou na roda abraçado com Paula, e então Cebola fez uma comparação com a já batida série de televisão *Casal Vinte*. Todos riram, e Matcherros, como resposta a seu irmão, deu um longo beijo na namorada. Rael ficou sem graça mas disfarçou, indo pegar uma cerveja. Quando voltou, começou a servir os amigos e cumprimentou Matcherros e Paula, mas não os olhou diretamente. Fingiu estar se divertindo. Paula o olhou bastante e logo lhe dirigiu a palavra, pedindo um pouco de cerveja. Rael ameaçou pegar um copo para ela, Paula insistiu e lhe disse, carinhosa, que queria beber no seu copo mesmo. O próprio Matcherros insistiu para o amigo dar um gole da cerveja para sua namorada, pois ela bebia pouco. Rael cedeu, mas se sentiu incomodado, ainda mais quando Paula lhe devolveu o copo e piscou com delicadeza para ele. O casal se retirou para a sala. Rael se sentiu mais aliviado, mas quando olhou para trás viu Amaral e notou que o filho da mãe percebera algo, pois estava com um olhar cínico na cara. Rael despistou e começou a puxar papo novamente com os amigos. Após mais de uma hora de conversa e mais de uma dúzia de cervejas, Rael se dirigiu ao banheiro, que já estava ocupado. Ficou esperando; logo o ocupante saiu. Era Narigaz, e um pouco do mau cheiro que ele espalhou no banheiro saiu com ele. Rael tentou esperar, mas notou que tinha alguém atrás dele, provavelmente alguém que iria usar também o banheiro. Sem alternativa, entrou; mas antes de fechar a porta sentiu alguém passar a mão em sua nádega. Voltou-se e ficou vermelho na hora; quando viu, era Paula.

— Usa logo esse banheiro, meu vampirinho!

Rael levantou o dedo indicador e, posicionando-o entre os lábios, fez "psiu!". Entrou no banheiro, usou rapidamente. Com um pouco de medo, abriu a porta e sentiu um grande alívio quando notou que Paula não estava mais lá. Pensou: "Safada, ela nem ia usar o banheiro, só queria me zoar". Foi para a churrasqueira, pegou um pedaço de linguiça e voltou para a roda de amigos. Começaram a conversar novamente.

Após alguns minutos, Matcherros o chamou para a sala. Rael passou por Spike e Laika, que estavam no quintal dos fundos, e os acariciou. Sentou no sofá ao lado de Matcherros e Paula meio a contragosto e começou a conversar. Matcherros perguntou-lhe do emprego e por que o South não tinha ido lá fazer a ficha junto com ele. Rael lhe explicou que o South estava andando com o Gaúcho e que estava meio desandado, fumando baseado direto, e que trampo estava longe do seu pensamento. A conversa fluiu um pouco mais e Matcherros lhe perguntou se queria buscar cerveja com ele, pois só ele e o Cebola não aguentariam três caixas. Rael disse que poderia ir, Matcherros pegou as chaves com seu pai e tirou o carro da garagem. Rael sentou no banco de trás e Cebola no da frente com o irmão. Matcherros ligou o carro e, quando já estavam indo embora, alguém bateu na lataria do carro. Todos olharam e avistaram Paula. Ela correu e, chegando à janela do motorista, disse que queria ir, pois lembrou que tinha que passar na casa da Elaine pra pegar seu diário. Matcherros não gostou muito da ideia, mas mandou que ela entrasse. Teriam de desviar o caminho. Paula se sentou ao lado de Rael, que ficou estático. Não passaram nem uns minutinhos e Paula disfarçadamente já passava a mão nas coxas do amigo de seu namorado. Rael estava gelado, mas não podia fazer nada, e começou a entender o jogo da amante: ela gostava do perigo, era isso que a excitava.

Logo chegaram à rua da adega e todos desceram, menos Paula. Rael ia se levantando e Matcherros perguntou aonde ele iria; Rael respondeu que queria ajudar a carregar as caixas. Matcherros disse que não, que era melhor o amigo ficar olhando o carro; Rael insistiu e disse que Paula poderia ficar olhando o carro. Matcherros, então, com seu ar de machista, lhe disse que mulher e nada era a mesma coisa. Paula ouviu, mordeu os lábios, mas nada falou. Rael aceitou e entrou no carro. Os amigos se afastaram um pouco, pois a adega ficava longe de onde se podia estacionar. Rael então olhou para as pernas de Paula e viu que ela estava de meia fina. Ele a olhou fixamente e avistou o demônio. Deslizou sua mão de leve pelas pernas roliças de Paula, que juntou os lábios, fez um biquinho e disse baixinho:

— Me ataca, me ataca de verdade, meu vampirinho.

Rael então fez o que ela mais gostava e lhe deu uma chupada no pescoço, mas não sem antes olhar para ver se os dois irmãos já estavam voltando. Paula, não resistindo, pôs sua mão nas coxas do amante e começou a movimentá-la num ritmo forte e instigante. Rael continuou acariciando as pernas da companheira e subia sua mão devagar. A essa altura já estavam se beijando feito loucos, mas Rael estava com os olhos abertos, de olho no movimento da rua. Sua mão levantou o vestido de Paula e agora já tentava acariciar a sua pequena vagina, mas era forçosamente impedido pela maldita meia-calça. Foi quando avistou os amigos retornando ao longe com as caixas de cerveja e empurrou a companheira, avisando-a do perigo. Eles se recompuseram rápido. Paula ria, pois o amante estava com o pênis ereto e não conseguia despistar. Matcherros e Cebola colocaram as caixas de cerveja no porta-malas e adentraram o carro. Rael foi logo perguntando se as cervejas já vinham geladas; Matcherros respondeu que sim e ligou o carro, saindo em seguida. Tiveram que prolongar o caminho para poder passar na casa da Elaine, onde Paula desceu, entrou na casa e saiu com um diário na mão. Em pouco tempo chegaram à festa e os amigos estavam todos do lado de fora. Matcherros, assustado com aquele tumulto, saiu do carro rapidamente e perguntou para Panetone o que estava acontecendo.

19

A RESPOSTA FOI RÁPIDA:
— É que a Laika e o Spike se soltaram e todo mundo saiu correndo, porque seu pai não estava aqui pra poder prender eles. Ninguém quis entrar.

Matcherros, ao ouvir a resposta do amigo, deu uma pequena risada e foi prender os cachorros, convidando todos a entrar novamente.

Todos voltaram a beber. A conversa disfarçada que rolava era um bochicho, algo sobre o envolvimento de Matcherros com o roubo da moto do Pássaro. Todos estavam comentando que fora ele que tinha dado a fita para os bandidos roubarem, mas a maioria ali sabia o que uma má língua podia causar. Em grande parte, não acreditavam nos boatos, pois Matcherros, apesar de nunca ter trabalhado e de fazer suas correrias, era uma figura exemplar ali na travessa Santiago.

Passaram-se alguns dias e Rael ficou abalado quando teve que ir ao enterro do seu Lucas, o pai de Matcherros. Alugaram um ônibus para levar os amigos do finado. E os boatos se tornaram mais intensos durante o enterro: todos diziam que o velho seu Lucas foi pego por vingança, que na verdade a vítima era pra ser seu filho, Matcherros. Mas alguns diziam que desconfiavam que o próprio filho tramara aquilo para o pai, pois a droga ali já tinha feito coisa parecida. Rael não se atreveu a falar nada. Só ouvia e, vira e mexe, dava uma olhadinha para Paula, que estava abraçada com o namorado, o filho do finado.

Rael resolveu dar uma volta pelo cemitério e viu Geóvas e Ratinho fumando um baseado perto do banheiro, mas o que mais lhe chamou a atenção foi um grupo de crianças pequenas que a todo momento se ofereciam para plantar flores nos túmulos, ou aguá-las. Não cabia em sua cabeça o fato de que os pais de crianças tão belas deixassem que elas trabalhassem num lugar tão triste, tão cheio de tragédias, tão cheio de desenganos e desesperanças como o cemitério São Luís.

O caixão estava descendo, no olhar de todos ali havia indignação: um pobre velho aposentado, humilde, que quase não saía de casa! Quando chamaram seu filho, ele pensou que eram seus amigos, que a todo momento o procuravam; mas não, o que recebeu foram quatro tiros no peito. Por testemunhas, somente Laika, Spike e Deus.

Mais alguns dias se passaram, Rael e Paula ficavam cada vez mais íntimos. Aos poucos os dois estavam se afastando de todos, marcavam encontros e ficavam praticamente todo o tempo juntos. Rael não demorou muito e comentou com sua mãe que tinha começado a gostar de alguém; sua mãe lhe afirmou que já sabia e que as pessoas já estavam comentando que não existia amizade daquele jeito entre homem e mulher. Rael se sentiu surpreendido mas se manteve tranquilo; em sua cabeça já corriam planos de ficar com Paula, de um jeito ou de outro.

Para grande surpresa de dona Maria, seu filho, após alguns dias daquela conversa, lhe informou que seu patrão, o seu Oscar, havia lhe perguntado se ele não queria dormir numa casinha nos fundos da metalúrgica; afinal, precisava de um caseiro. Rael contou à sua mãe que iria morar lá e queria levar Paula.

Passaram-se alguns dias, e os planos de Rael tomavam forma. Suas conversas com a mãe eram cada vez mais escassas; ela estava muito triste, apesar de o filho ter prometido ir vê-la diariamente. Ela sabia que o estava perdendo para sempre, e a solidão se apossaria daquela humilde casa.

Rael combinou com o velho Oscar, seu patrão, e teve que abrir o jogo sobre a Paula. Seu Oscar ouviu atentamente, mas não esboçou reação nenhuma, só estipulou a data para Rael se apossar da casa e combinou o salário extra para ele poder cuidar da metalúrgica à noite. A decisão mais difícil não era nem a conversa com os pais de Paula, e sim a conversa que ele ia ter com seu melhor amigo, Matcherros. Decidiu falar aos poucos, dando algumas indiretas, pois se a notícia fosse dada de supetão poderia causar uma desgraça.

A decisão foi tomada. Após o serviço, à noitinha, ele iria à casa de Matcherros e seria o que Deus quisesse, mas daquela noite não podia passar. Rael não aguentava mais aprisionar tanto amor, ele queria Paula todas as noites de sua vida.

20

OS POLICIAIS ADENTRARAM A FAVELA e ordenaram mão na cabeça. Matcherros estava com os cadernos na mão esquerda, um dos policiais engatilhou a arma e disse que se alguém corresse levaria bala. Bateram geral, perguntaram se era só ideia, se não estava rolando um baseado; China disse que era só ideia, um dos policiais lhe deu um tapa na cara, ele se injuriou e jogou uma trouxinha de maconha no policial. O capitão desceu do carro, pegou a trouxinha e perguntou se ele só tinha aquela. China disse que sim, o policial a pôs no bolso e começaram a bater geral em duas minas que desciam da Cohab. A morena teve as mãos do policial apalpando suas nádegas, suas pernas, seus seios firmes; o gambé disse baixinho em seu ouvido:

— Acho que já te vi lá na Aurora, hein, sua vadia?!

A morena nada falou, mas seus olhos se encheram de lágrimas.

Ao fundo, Matcherros notou um gambé com o cassetete na mão e, mesmo com a cabeça baixa, percebeu que era seu amigo Capachão.

A polícia subiu o morro, já que um boteco lá em cima chamava a atenção pelo alto volume do som. As frases dos grupos de rap deixaram irados os gambés, que chegaram botando pra quebrar no bar do seu Tinho Doido, um senhor de idade que era aposentado e tinha o bar como meio de ajudar a sustentar seus quatro filhos e três netos. O som, antes de ser interrompido pela perfuração à bala, bradou o último verso: "Não confio na polícia, raça do caralho".

PARTE V

21

OS DIAS NAQUELA CASA ERAM NORMAIS, sempre que chegava em casa ele beijava sua esposa. O carinho era constante, as cenas sexuais eram violentas e amorosas ao mesmo tempo; o filhinho começava a gritar quando Rael chegava, ele adorava o pai. Rael logo o pegava no colo e fazia-lhe cócegas. O nome do pequeno Ramon fora escolhido em homenagem a um jogador que, para seu pai, era o melhor.

Paula já estava terminando o jantar. Rael continuava a brincar com Ramon, e se lembrou de seu grande amigo quando viu aquele velho filme na TV. Quantas vezes eles riram juntos com o Monty Python... Mas agora já era. O preço havia sido alto, mas com certeza ele faria tudo de novo, pois amava aquela família, e nada do que seu ex-amigo lhe disse naquela noite ele guardava como ofensa, pois era tudo verdade. Uma frase daquela discussão ficou em sua cabeça por alguns anos: "Da trairagem nem Jesus escapou". "É, o Matcherros é foda com as palavras, mas, pela ordem, o amor é mais forte", pensava Rael.

Pássaro, Ceará, Naná e Dinas tinham dado entrada no Instituto Médico Legal às seis horas da tarde. Deram muito trabalho para os médicos, que resolveram não tirar todas as balas. Já haviam tirado mais de cinquenta e precisavam dar baixa em mais três que tinham vindo do Capão também. Foi uma das maiores chacinas da região, saiu nos jornais de manhã e entrou na estatística à noite.

A firma tinha crescido bastante, e a casinha dos fundos onde moravam já estava toda reformada. Rael já tinha se tornado pintor na metalúrgica, e era muito dedicado, visitava sua mãe diariamente, mas seus amigos quase não o viam; era do serviço pra casa direto. Todos sentiam saudades, perguntavam à dona Maria sobre o filho, e dona Maria sempre dizia que ele estava bem, mas a realidade era que sentia algo estranho em relação a Paula, coisa de mãe.

Chegou em casa cedo naquela noite. Alguma coisa estava errada. Aquele dia o marcaria como o mais desgraçado de sua vida. Ele nem conseguiu ler o bilhete por inteiro, caiu no chão chorando. Tinha sido abandonado repentina e inexplicavelmente. Um bilhete, uma troca cruel, ele chorava e queria sua mulher e seu filho de volta, mas nada restava na casa, nenhum móvel, nenhum utensílio, nada.

Saiu do recinto revoltado e foi para o bar realizar o que dava pra realizar. Várias na cabeça. Depois arrumou encrenca com um monte de gente da vila, mas todos o conheciam ali, e não agiram na maldade. Levaram-no para a metalúrgica e ligaram para seu patrão. Seu Oscar chegou e o mandou para casa. Rael o mandou para o inferno e tentou agredi-lo, mas caiu na tentativa. Seu Oscar mandou que chamassem sua mãe. Dona Maria logo chegou e levou o filho com a ajuda do Panetone e do Amaral.

Rael acordou mais tarde naquele dia, estava na sua cama de solteiro, seu quartinho estava do jeito que ele tinha deixado anos atrás. Sua mãe lhe serviu um café fresco e ele o tomou enquanto se arrumava para ir trabalhar. Sua mãe lhe perguntou de Paula, e ele narrou o acontecido. Ambos choraram abraçados, e Rael dizia que queria seu filho de volta. As lágrimas secaram e Rael foi para o serviço. Chegando lá, Zeca disse para ele ir ao departamento pessoal; ele já sabia do que se tratava, mas não acreditava que seu Oscar teria coragem de fazer aquilo com ele. Rael foi demitido sumariamente, avisaram-lhe mais tarde que Zeca estava se mudando para a casa dos fundos. Ele seria o novo morador daquele lugar que tantas alegrias trouxera a Rael.

Os rumores eram gerais, mas o que mais chateou Rael foi saber que tinham avistado Paula perto do Jardim Santo Eduardo. Ela tinha um menininho no colo e estava muito bonita, abraçada com um senhor mais velho, reconhecido mais tarde como o seu Oscar, seu ex-patrão. Finalmente, ele tinha entendido tudo, a casa dos fundos da metalúrgica era um favor, mas não para ele, e sim para a amante do seu Oscar. Talvez ela, Paula, já saísse com ele bem antes; afinal, como Matcherros dissera, "da trairagem nem Jesus escapou".

Burgos lhe explicara tudo, como proceder, e agora era só esperar. Seu Oscar desceu do carro e estava abrindo a primeira porta da metalúrgica. Burgos estava do outro lado. Rael ia fazer por vingança, pela honra; Burgos ia fazer pela grana. Burgos o rendeu facilmente com uma pistola FN modelo 1903 calibre 9 milímetros, que fora desenhada para o Exército belga, e o empurrou para dentro do escritório. Rael adentrou a metalúrgica e seu Oscar suou frio quando o viu com uma calibre 12 nas mãos. Burgos começou a revirar o escritório, achou o cofre e seu Oscar deu a senha. Rael encostou a arma em sua cabeça e lembrou de Ramon; Burgos pegou o dinheiro e pensou numa CBR novinha e numa mina na garupa, muito gostosa. Rael suava, seu coração batia mais acelerado do que o de seu Oscar; Burgos falou que iria evadir e que era pra ele fazer o serviço. Rael balançou a cabeça afirmativamente, Burgos saiu. Rael se esqueceu de Deus, de sua mãe e das coisas boas da vida, apertou o gatilho e fez um buraco de oito centímetros na cabeça de seu Oscar.

A vizinha estava saindo pra comprar pão. Ela se assustou com o barulho, mas, antes de entrar, viu Rael sair com uma arma de dentro da metalúrgica. Entrou em casa, ligou para a polícia e ferrou mais um irmão periférico.

Rael se lembrava de um amigo seu, poeta, e de suas palavras: "Solidão é diferente de isolamento". Os outros pensavam em carros, em mulheres, em dinheiro fácil e em fumar um baseado.

Rael ouviu ao fundo um maluco dizendo que trabalhou para um burguês que tinha de tudo, tinha piscina, um jipinho para ele brincar com seu filho, com motor e tudo, uma grande árvore de Natal forrada de presentes; mas quando olhava pra ele só via ganância e desapontamento. O burguês filho da puta não dava valor pra nada. Rael começou a pensar e se lembrou de Nandinho, de sua humildade; lembrou que, quando pagava um pastel pro moleque, ele dividia quase que com a favela inteira, lembrou do brilho do olhar dele quando pegava um pipa cheião da linha, ou quando saía na favela no Ano-Novo com sua roupa nova, todo de branco riscando bombinhas e atirando-as pra todo lado.

Ele dormiu tranquilamente naquela noite, ao seu lado seus óculos e o gibi *Orquídea Negra*. Os malucos do xadrez já o respeitavam à pampa e ele sabia que iria cumprir mais da metade da pena em liberdade, pois era réu primário.

O primo do Burgos estava na mesma cela e havia recebido um bilhetinho horas antes, durante a visita; Burgos pedia um favor.

22

RAEL SENTIU UMA DOR HORRÍVEL quando o seu amigo de cela enfiou a caneta em seu ouvido; ele só arregalou os olhos e pensou em seu filho, Ramon. Seu corpo foi retirado da cela pela manhã e encaminhado ao IML.

Burgos estava sossegado agora, não corria mais o risco de ser caguetado, estava com dinheiro e comprou um Logus preto. Subiu a rua da igreja São José Operário e desceu com o carro abarrotado de armas. Com a pistola alemã Heckler & Koch de 9 milímetros Parabellum e com a Colt M1911 A1 que havia sido desenhada para o Exército dos Estados Unidos por John Browning. Com estas ele sabia lidar; mas o fuzil AR-15 e o lança-foguetes para ele eram novidades. Estava doido para mostrar para Mixaria, Geóvas, Ratinho e para o China.

A polícia tinha pegado o China perto da boca e queria saber onde tava o Burgos. China não abriu a boca até a hora em que os gambés o colocaram no camburão e o fizeram tirar as calças. Ele sabia que os gambés eram ruins e resolveu colaborar.
Foi solto.

Burgos foi pego no flagrante, mas o BO não foi registrado. Os policiais, exercendo todo seu treinamento acadêmico, o levaram para o Guaraci e, depois que atiraram em sua cabeça, o jogaram no rio.

Venderam as armas para Turcão e fizeram uma churrascada no fim de semana com todas as famílias reunidas na casa do tenente. Na hora da troca de presentes, o tenente lembrou-se de ter pegado uma bolsa de tênis no carro de Burgos. Percebeu que seria certo dar para seu filho de apenas nove anos. O moleque adorou o presente, chegou em seu quarto, abriu a bolsa e guardou a HK debaixo do colchão.

Ninguém olhava para o corpo magro de Fátima, mesmo ela grávida. Ela tinha tomado o remédio indicado pela amiga. O primeiro morador a sair para trabalhar quase pisou no cadáver desprotegido, e de manhã a vizinhança inteira estava olhando o feto jogado no meio da calçada. A criançada fazia a festa, a polícia chegou e ficou preservando o lugar em que estava jogado o pequeno.

Mixaria, China e Geóvas estavam no Opala fumando um baseado, Jura e Ratinho tinham ido à boca comprar farinha, Mixaria sabia que não deveria esperá-los, eles comiam até o saquinho do bagulho. Resolveram dar um rolê, subiram pela viela próxima à rua Dez. Mixaria decidiu deixar o carro descer um pouco para bater propositadamente no Fusquinha do Carlos, pois ele tinha tomado uma pipa e batido em seu irmão.

O Opala bateu levemente no Fusca, que estava sem o freio de mão puxado e andou, atravessou o pequeno espaço da rua e bateu no meio do Monza do Celião.

China viu a besteira que o amigo fez e falou para ele sair fora, mas Mixaria tava meio louco com o bagulho que havia fumado e começou a rir. Geóvas viu que o bicho ia pegar, abriu a porta do carro e saiu correndo, descendo pela ponte, saindo no ponto final do Jardim Comercial. Mixaria abriu a porta do carro e desceu ainda rindo. Celião abriu o portão e saiu só de calça e chinelo, China se afastou um pouco, pensando que ele estava armado. Não estava, tinha vendido sua 44 algumas horas antes.

Celião se aproximou ainda mais, Mixaria continuou rindo; Celião desceu a porrada em Mixaria. China pegou um pedaço de madeira e desceu a lenha nas costas de Celião, ele caiu. Levaram-no para seu barraco, lá dentro ele recobrou a consciência e levantou. Mixaria viu um facão na pia, arregaçou o facão em seu braço quase o decepando, China se afastou, Celião gritou, Mixaria deu-lhe com o facão novamente, só que dessa vez na cabeça. Celião caiu de bruços. Mixaria pegou um espeto de churrasco e furou suas costas dezenas de vezes, Celião tentou gritar, mas não tinha mais forças, nem conseguia se virar. China tapou os ouvidos e tentou não escutar nada; Mixaria foi até o armário, pegou várias facas de mesa, enfiou-lhe uma por uma: uma entre as nádegas, que quase lhe atingiu o ânus; uma em seu pescoço; uma em sua perna esquerda. China saiu fora e correu como nunca, achou que Mixaria ficara daquele jeito por causa da farinha empastada da rua de baixo.

Mixaria estava completamente louco. Quando a polícia chegou, viu as pernas e os braços de Celião decepados e seus olhos arrancados. Algemaram Mixaria, que dormia abraçado ao tronco do falecido. Celião havia trabalhado dois anos na padaria da vila sem folga, havia feito muita hora extra para comprar o velho Monza prateado.

23

China foi preso uma semana depois, quando estava saindo do Palácio. Negou tudo e, após o delegado ter apagado alguns cigarros em sua barriga, viu que o pequeno nada devia e o soltou pelado no Jardim Imbé. Os moradores pensaram que ele era estuprador e o lincharam até a morte.

A mãe de Mixaria ficou muito triste quando o filho foi encontrado morto na cadeia, e ficou revoltada quando descobriu que o Opala não tinha sido quitado na agência.

— E aí, truta! Firmeza?
— Só, eu tô na boa, choque, e você?
— Na moral, tô lá trampando com o Matcherros na firminha dele.
— Ah! Tô ligado, o Amaral me contou que ele tá indo pela órdi lá com o esquema.
— É, o bagulho virou bem, se pá nóis vamo contratá até o Panetone, isto é, se o bagulho dele com o futebol num virá.
— Firmeza, o esquema é esse; afinal, como diz o crente: "Se Deus é por nóis, quem será contra nóis?".
— Choque, a parada sempre foi nesse naipe, e a parada cada vez vai ser pior, as correrias estão ficando mais forte e a parada vai ficar cada vez mais louca, firma!
— Fora os malucos que tão só no trampo, que nem o tiozinho lá da rua de cima, o seu Damião, que sai todo dia na correria, pega busão lotado e nunca vi ele reclamando.
— Só! Mas o que leva esses tiozinhos e alguns malucos mais

novo a suar pra caralho num trabalho? Se pá é a vontade de ver o filho no final da noite, tá ligado? E nas correria louca, nem sempre se vê o pivete, e nem sempre se volta pra casa, tá ligado?

— Só, choque! Eu também tô nesse sossego, mas é o seguinte, eu sempre procuro o bem, tá ligado? Mas se o mal vier, choque, que o Senhor tenha misericórdia.

A VOLTA DE ZUMBI DOS PALMARES E DE LAMPIÃO

Marcelino Freire

FERRÉZ ESCAPOU.
São vinte anos escapando.
O livro *Capão Pecado* tem duas décadas desde a primeira publicação.
Capão escapou.
Não teve crítica ruim que o fizesse brecar. Não teve censura, não teve olho gordo. Está em sua fase adulta.
Daqui a pouco faz 21 anos.
Um livro magrelo. Não é tão grande no número de páginas abertas.
E de pernas.
Já correu trecho, esquinas. Outros países. Conseguiu atravessar oceanos, a alfândega.
Não baixou a cabeça. Não silenciou um só instante. Nas feiras literárias, no Brasil e no exterior, marcou presença. Abriu a boca.
Fez parte da cota — uma conquista, essa, para reparar os privilégios. Burlou a academia. Os impropérios de alguns diretores de escola. Assustados com a violência. No cuidado para não assustar demais nossas crianças.
Quanta inocência!
O livro deu uma rasteira bem dada no discurso canônico. No meio literário hegemônico. Juntou-se a Machado de Assis na negritude. Tirou do autor de *Dom Casmurro* a sombra palidamente branca.
Aliou-se ao "inimigo" Paulo Lins.
É que quiseram colocar Paulo Lins contra ele. Que nada!

Mudaram juntos, ele e Paulo, as manchetes de jornal. Em vez de aparecerem em notícias de guerra, viraram amigos e cúmplices.

Brothers, parças.

Paulo Lins veio socorrer quando Ferréz estava jurado de morte apenas pelo que escreveu.

Não mexam com Zé Pequeno — cria do autor de *Cidade de Deus*. Aquele que virou filme e foi indicado ao Oscar.

Aquele que mostrava um Rio de Janeiro de poucos abraços. Um Redentor de mãos para o alto.

Um Cristo ao deus-dará.

Publicado três anos antes de *Capão Pecado*, as comparações foram muitas.

Na capa original de *Capão*, a imagem de um menino, como se fosse um Menino Jesus, em posição de cruz. Dentro, de cara, o romance é dedicado a um amigo de Ferréz, morto antes de a obra vingar.

"Marquinhos, meu amigo, queria te dar um livro, mas, como não posso, o dedico a você."

Lins também faz, em *Cidade de Deus*, uma lista *in memoriam*. Tantos vizinhos perdidos para o crime, para o Estado, para a bala perdida que tem endereço certo.

Ambos sobreviveram ao inferno, Paulo e Ferréz. Juntos até hoje são sucesso.

Cidade de Deus já está com 23 anos.

Cidade é um lugar. *Capão* é um lugar. O *Pecado* vem de *Deus*.

Deus foi almoçar — na rede Bob's, onde Ferréz, que lá trabalhou por um tempo, se recusou a atendê-Lo.

Perdeu o emprego.

Quem acredita em milagre brasileiro?

Nosso país continua fazendo vítimas. E continua entregue ao descaso. À desigualdade. Ao desgoverno.

Ferréz é um cangaceiro.

Na certidão de nascimento, está assinado Reginaldo Ferreira da Silva. Filho de motorista baiano e de empregada doméstica nascida em Minas.

Nas obras e nos trampos que faz, popularizou a alcunha de

Ferréz. Uma mistura do "Ferre" de Virgulino Ferreira, o Lampião, e o "Z" de Zumbi dos Palmares.

Ferréz não está sozinho, mano.

Está sempre muito bem ladeado.

Um dos que apresentaram *Capão Pecado* foi outro morador do bairro, Mano Brown. Referência de toda uma geração que não encontrava voz nas rádios, vez nas letras, espaço nos palcos e nas prateleiras.

Escreveu Brown na edição de vinte anos atrás: "Capão Redondo é a pobreza, injustiça, ruas de terra, esgoto a céu aberto, crianças descalças, distritos lotados, veículo do IML subindo e descendo pra lá e pra cá, tensão e cheiro de maconha o tempo todo".

Será que mudou alguma coisa?

A autoestima mudou, creio. Muitos saraus, selos editoriais, artistas inspirados pelos dois. Jovens que viram na música e na literatura uma alternativa para fugir do fogo. Da mira. Ferréz aprendeu a desviar do alvo. Já foi parar na cadeia acusado de apologia ao crime.

Aí é que ele soltou ainda mais o parágrafo.

Todo livro é livre, caraio!

A linguagem coloquial. A língua portuguesa sem certeza. Os versos livres, em liberdade.

Conquistada.

Para todo mundo, não deveria ser uma dádiva a vida?

Mas ainda é essa miséria constante.

Uma miséria babélica é de que fala *Capão Pecado*. Ninguém se entende. Mas todo mundo solta o verbo. Cospe, gesticula. Reclama, reza.

Afundam-se na mesma trama.

A partir da figura de Rael, Ferréz vai costurando outras trajetórias humanas, desumanas. Fios, por um fio, de uma mesma história. De um mesmo novelo, novela trágica.

Aliás, o nome do bairro, "Capão", vem de uma cesta de artesanato, "redonda", feita por indígenas indigentes. Por um trocado, viviam produzindo uns nós de palha. Para vender e comer. Na floresta periférica, pelas esquinas do bairro.

É o que a gente vê e lê.

As palavras e narrativas de Ferréz vão se trançando. As falas dos personagens trombando-se nas páginas. Cada página, um vento na cara. Um tapa. Um zigue-zague de pernas. Vem gente de Valo Velho, Piraporinha, Jardim Ingá. Todo mundo descendo para o baile News Black Chic. Como não pensar na polícia, em tempos recentes, invadindo a festa funk em Paraisópolis?

Nove mortes.

Serão noventa e nove daqui a pouquinho.

Noventa mil.

O aviso foi dado. Há, na edição de *Capão Pecado*, um recado para quem a obra era destinada. Entre muitas outras, dedicada "a todas as pessoas que não tiveram sequer uma chance real de ter uma vida digna; que não puderam ser cidadãos".

Escreve o escritor-trabalhador: "Embora minha profissão para essas pessoas não tenha o menor sentido".

Ferréz seguiu, confiante.

Criou para si um futuro brilhante, apesar do perigo. Apesar das barreiras.

Já foi traduzido para vários idiomas.

Nunca se deu por vencido.

Antes de estrear na prosa, publicou por conta própria um livro de poemas intitulado *Fortaleza da desilusão*, com influência da poesia concreta. Na verdade, sob a confluência do concretismo de Arnaldo Antunes, de quem se tornou amigo.

Fortaleza foi construído graças à ajuda de uma patroa de Ferréz, que mandou para a gráfica o sonho do menino.

Mais uma vez a resistência.

Onde se desentorta a curva do destino. Ficar de pé diante de uma realidade contra a qual os seus personagens lutam.

Rael, o protagonista, não deixa de ser o próprio Ferréz, buscando nos livros um sentido maior, promissor. Crente, não em assembleias, mas na dignidade e no amor.

Onde a ponta dessa linha se soltou?

Uma vida, entre outras vidas, que tenta se fortalecer pela arte, pela esperança, mas parece a toda hora marcada para não crescer. Por quê? Hein? Quem pode responder? *Capão Pecado* é um rosário de perguntas que continuam no ar, empestadas.

Digo sempre que todo livro indaga, enfrenta, questiona, dispara.

Quando o escritor paulistano João Antônio escreve sobre os guardadores de carro, os flanelinhas do Rio, não está buscando soluções políticas para o trabalho escravo.

Quando o alagoano Graciliano Ramos nos escancara as *Vidas secas*, não podemos exigir dele soluções para o descaso e a desigualdade brasileira. O livro, há muitos anos, bateu uma fotografia exata da fome no estômago de uma grande maioria em minoria de recursos.

João Antônio, Graciliano Ramos. E ainda Plínio Marcos, com seus dois protagonistas se definhando entre si na briga para ver quem fica com um par de sapatos novos. São coirmãos de Ferréz na abordagem de um país sempre por um triz e infeliz.

Quem são os culpados?

Ora, dos políticos exijamos que devolvam o que nos foi roubado. Um país inteiro que, prometido para ter futuro, está sempre voltando para o fundo do poço.

Um grito que, a Deus ou ao Diabo, nunca para de pedir socorro.

Ferréz escapou do esquecimento.

A todo momento, depois da releitura que fiz do livro *Capão Pecado*, vi uma população me arrodeando o juízo.

Mostrando-me meus privilégios de um homem branco. Embora de família sertaneja, nordestina, eu consegui entrar com facilidade em outros cantos.

A saber: eu e Ferréz surgimos no mesmo ano.

No ano 2000, publiquei pela Ateliê Editorial o livro de contos *Angu de sangue*. Ferréz me contou que, uma vez, sabendo do livro *Angu*, fez uma manobra completa para furtá-lo de uma estante.

Uma alta estante.

Eis onde reside o privilégio, falado aqui quatro parágrafos antes.

Eu surgi junto com uma geração da Zona Oeste de São Paulo que pedia, legitimamente, espaço nos grandes jornais. Não éramos de grandes editoras. Estávamos fora de circulação. Daí, organizamos antologias, livros, festas, selos. E, com os pés no teclado, fizemos certo barulho.

Barulho ouvido, inclusive, por Ferréz.

Mas por que não nos misturamos àquela época?

A verdade é que disputávamos, eu e meus parceiros diretos, um espaço na revista *Cult*, criada em 1997. Ferréz, no entanto, graças ao sucesso de *Capão Pecado*, ocupava como articulista as páginas da revista *Caros Amigos*, também criada em 1997.

Foi na *Caros Amigos* que Ferréz, a partir da criação de uma revista chamada *Literatura Marginal*, mostrou para mim e para minha turma autores e autoras que não figuravam do lado de cá da luta.

Li pela primeira vez na *Literatura* nomes como Allan da Rosa, Gato Preto, Preto Ghóez, Sacolinha, Alessandro Buzo, Cláudia Canto, Dona Laura, Dugueto Shabazz, Sérgio Vaz.

Foram três edições do projeto, em que a tônica era a literatura das "minorias, sejam elas raciais ou socioeconômicas, à margem dos núcleos centrais do saber e da grande cultura nacional, ou seja, os de grande poder aquisitivo".

Um dia, já amigo de Ferréz, viajando juntos de Frankfurt para Berlim, escrevi um microconto durante o nosso trajeto de trem. Até hoje tenho o texto anotado, à mão, dedicado ao autor de *Manual prático do ódio* e do volume de contos *Ninguém é inocente em São Paulo*: "Escritor marginal mata escritor imortal. Neste caso, foi em legítima defesa".

Sangue nos olhos e nas letras.

Ferréz é essa batalha.

Quantas vezes, sei, burlou a lógica do mercado. Na Festa Literária Internacional de Paraty, quando convidado em 2004, levou os próprios livros para vender. Montou banquinhas com os exemplares em festas as mais diversas, aqui e pelo mundo.

Um ano antes de *Capão Pecado*, em 1999, inaugurou a grife 1DASUL. Com bonés e roupas, em uma aposta empreendedora rara. A marca, que faz sucesso até hoje, incentiva trabalhadores locais e paga a eles uma remuneração bem acima do ofertado por outras empresas. Ferréz também montou a própria editora, a Selo do Povo. E, com outro sócio, está à frente da publicação de quadrinhos Comix Zone.

HQS que muito influenciaram suas narrativas — de um quadro para outro, escapulidas. Mas sem heróis de mentirinha. Os heróis são pais, mães, professores, vendedores ambulantes, nordestinos aos montes.

Traços que guiaram o desenhista e escritor Lourenço Mutarelli na escritura do primeiro livro, *O cheiro do ralo*. Mutarelli já disse, em várias entrevistas, sobre a importância dos relatos de Ferréz para a criação emblemática de um "ralo" que, em seu romance, nunca para de feder.

Nas ruas, nos escritórios.

No corre, nas quebradas.

Pela luz que a escrita de Ferréz lançou em outras escritas. Pelos tantos escritores em começo de carreira que têm nele um exemplo de linguagem, rebeldia, poesia, atitude, já seria o bastante para Ferréz figurar para sempre na mesma estante de visionários como o escritor Lima Barreto, morto aos 41 anos.

Para figurar na mesma missão de indignação que acompanha o ofício de Solano Trindade e de Carolina Maria de Jesus.

No trampo que não para, só se alarga.

Na parceria de outras falas que não cansam de surgir na nossa cena artística, literária.

Falas que, graças também aos gritos dados por Ferréz, ninguém mais cala.

É, mano, cê tá ligado? Eu gosto do bagulho, cê tá ligado? Mas eu não posso usá. Se pudesse... Mas não posso, tá ligado? Tenho dois filho pra criá, agora o cara leva meu lucro, chega pedindo na noia, dizendo assim: "Ei, Val, qualé, meu, te pago na sexta-feira, juro". E depois qué dá uma di migué.

Tô na aba do viado faz mó cara, desde o começo da festa. Meu mino, o Dinei, já disse: "Deixa que eu resolvo a parada, Valquíria". Aí eu liguei que a parada é minha. Eu vendi, eu resolvo, morô? Se num pagá hoje, que por acaso é sexta-feira, eu deito ele, mano, é meu lucro, morô?

É um cronista "de um tempo ruim", como ele mesmo diz. Ferréz é um grande criador de diálogos. De monólogos solitários. Vivos, fronteiriços, seus personagens levantam um som visceral. Corporal. Corpo que está "inscrito" em versos defendidos, em disputas de poemas, de slams, pelas periferias do Brasil.

O texto de Ferréz está comprometido com esses ruídos, queixas, ladainhas, discursos doídos de raiva, amplificados de urgência.

Uma fala levantada do chão.

Ressuscitada de uma vala comum.

Embora o trabalho de um ficcionista (vale lembrar que Ferréz é um ficcionista) esteja na escuta, não é apenas isso que faz legítima a sua criação.

Se assim fosse, com um celular hoje na mão, era só gravar a fala do povo e transcrever. Os diálogos, buscá-los à boca da biqueira. Era só, então, ficar ligado nas paradas de ônibus, atrás dos balcões, nas lotações. Nas pequenas farmácias, nos bares, instantes antes das chacinas.

O escritor pra valer revela-se nas entrelinhas.

Nas subsombras.

No ritmo com o qual constrói os diálogos sem diálogos. As impossibilidades.

Repito: o livro *Capão Pecado* é impossível.

Entramos nele avisados sobre onde estamos entrando. No Universo, na Via Láctea, no planeta Terra, na América Latina, na Zona Sul, em Santo Amaro, no Capão Redondo, no fundo do mundo, bem-vindas e bem-vindos.

Haverá, vinte anos adiante, alguma saída?

A nova edição de *Capão Pecado* chega por uma grande editora, a Companhia das Letras. Depois de ter passado pela pequena Labortexto, pela Planeta, pela Objetiva.

E chega em uma época atravessada por uma pandemia mundial.

Entre tantas notícias devastadoras.

Mortes que só aumentam entre negros de dentro e de fora do país. Vírus e virulentos policiais.

Ninguém parece escapar.

Os personagens de *Capão Pecado* não escapam. Dentro do livro vivem enredados, há muito tempo, até antes de o livro ser escrito. Tentam dar um rumo mais digno às suas trajetórias.

Ferréz, no meio deles, escapou.

Capão, por mais que queiram, ninguém dizimou.

FERRÉZ nasceu no Valo Velho, na Zona Sul de São Paulo, em 1975. É autor de *Capão Pecado* (2000), *Manual prático do ódio* (2003), *Ninguém é inocente em São Paulo* (2007) e *Deus foi almoçar* (2012), entre outros livros. Suas obras foram traduzidas na Itália, na Alemanha, na Inglaterra, em Portugal, na França, na Espanha e nos Estados Unidos.

1ª edição Companhia de Bolso [2020] 4 reimpressões

Esta obra foi composta pela acomte em Janson Text e impressa em ofsete pela Gráfica Bartira sobre papel Pólen da Suzano S.A. para a Editora Schwarcz em junho de 2025

A marca fsc® é a garantia de que a madeira utilizada na fabricação do papel deste livro provém de florestas que foram gerenciadas de maneira ambientalmente correta, socialmente justa e economicamente viável, além de outras fontes de origem controlada.